ぶどうの木のかげで

―今日の祈り、明日のうた―

小塩　節
Oshio Takashi

青娥書房

はじめに

十数年前、拙宅の庭の南隅を砂場にして、隣接する幼稚園のために開放した。しかし夏は日照が強烈なので、その上に日かげをつくるために木組みの天井を作った。かなり広い砂場の四隅に四本の太い杉の柱を立て、三メートルほどの高さのところに格子の頑丈な天井棚を組んだ。すでにそこいらに雑然と植えてあったサクランボ、あんず、いちじく、オリーブなどの木々を掘り起こしてフェンス沿いに植え替え、できるだけ整然と並べる。十本ほどのブルー・ベリーの株立ちはすでにフェンス沿いに並んでいて、秋には実をつけ始めている。

天井棚を見て、ここにぶどうの木を一本植えようと思いついた。始めのうち細いぶどうの苗木は、何かにつかまりたくて仕方がないかのように不安げにゆらゆら揺れていたが、やがて杉の柱により添って安心したとでもいうかのように、ぐんぐん上に向かって伸び始めた。巻きついたりはしない。時折お米のとぎ汁を根もとにかけてやる。するとブルー・ベリーが何かを求めるかのようにざわめく。木にも家畜と似たところがあるらしい。

一年ほどしてふと気がつくと、ぶどうの細い幹が何本かに枝わかれし、所々にこまかいつるを出して柱につかまりながら、天井棚の上にまで伸びて、格子の「窓」を大きな葉で蔽い始めている。いい日かげが出来てきた。秋には葉はすべて落ちてしまうが、春にはまた幼児の掌のような緑の葉を茂らせる。しかし大気汚染のひどい杉並のこのあたりでは、秋の実を結ぶことはまず望めないだろう。

春先、微風に揺られながら、見上げる葉かげに薄黄色の、白い網の房のようなものがついている。これがぶどうの花なのか。それまではよく実ったぶどうの実の房は知っていたが、咲く花を意識して見るのは初めてだった。珍しい。

「ぶどうの花の咲く頃は、
　なぜか　心悲しむ」

という青年ゲーテの詩は知っていたが、それがどんな花なのか、花期が短いせいもあって、ドイツのぶどうの主産地ライン地方に長く住みながら、意識してその花の実《じっ》の形や色をこの目で確かめたことはなかった。土地の人に「花が咲いたら教えてくれ」と頼んだが、いつも短い花期はすぐ終わってしまう。

さて東京の町なかで、初めてぶどうの花をよくよく見た。ごくごく小さな一センチほどの乳色の細長いラッパのようなかわいい花が、それはたくさん、きれいに並んで集まり、大きいグローブのような房をつくっている。その外側の大きさ、規模は、のちの実《み》と全く同じだ。当たり前のそんなことに、ひどく感心した。

秋。ある朝ふと見ると、格子天井の井形の窓から紫色の実の小さな房が垂れている。「実がなっている！」、子どもたちの驚きの声が聞こえる。きゃたつを立てて一房をもぎとり、先っぽの一粒を口に入れる。甘酸っぱい。うまくはないが、たしかにぶどうの味だ。大気に汚染物質もあろうから、よく洗い、主任の先生の許可を得てから、集まった子どもたち一人一人の口に一粒ずつ入れてやった。園長といえども、余り勝手なことはできないのだ。房は年々大きくなり、その数を増し、他のいろいろな実をつける木々と競い合っているかのようだ。

晩秋。一年の働きを了えて茶色くなった葉を次々にふるい落とすと、格子には枝とつたが黒々と残っているばかり。しかし、どの木組みの材にもぶどうの枝が這っている。いつの間のことだろう。たくましいことだ。何本あるかしらん。三十本は下らない。これはすべて「枝」というより、「幹」が分かれて自ら枝のようになっているのだ。そして改めて驚く、こんなにも大きな所帯になりながら、大地に根をおろす主幹はたったの一本、それも焦茶色の細い、たよりなげなただの一本。

それは、連想が悪いかもしれないが、いかにも細く、病み衰えて物も言えなくなった老人の瘠《や》せさらばえた、枯枝の脚のように細い。溜息が出る。細いとしか言いようがない。これが空高く茂る一本の木を支える、母なる幹とはとても思えない。

近よって手を触れた。冷たくはない。薄い皮が所々はがれ落ちた下から、アスリートの身体の深いところに層をなしている強靭に張った筋肉の筋々《すじ》が、びしっと密集し、ほんの少しねじれさえ見せているそのままである。黒光りする細い幹は、すべての虚飾をふりおとして、たしかに生きている。このか細さで、天にまで広がる全体を生かしている。それは深い暗闇の谷底から聞こえてくる、思いがけず明るい呼び声でもあるかのように、生あるものの生きた呼び声のように聞こえた。「生きている」、私は思わず口にした。

老人や赤ちゃんの腕くらいもないこのたった一本の頼りなげに見える木が、夏も冬もけっして休むことなく、暗い大地から水分と養分を吸い上げ、ポンプもないのに高い木の上まで送り、自らつくり出した緑の葉で光合成を行なっている。木質をつくり、自らのからだをつくり、大地をこやす。酸素を出しつつあの豊潤な実を生んでいる。ただの一時も休むことなしに。か細くさえ見える、このたった一本で。これがぶどうの木なのだ。木々はみな同じ働きをしている。

ロンドンのテムズ河の畔りの広大なハンプトン・コートの庭に一本のぶどうの木があり、世界最長寿といわれているが、四方八方に茂る枝を伸ばしているのを見たことがある。かくもか細く、頼りなげな、しかし強靭な筋肉のようなぶどうの木の生命。「私はぶどうの木、あなた方はその枝である」という言葉が唇にのぼって、胸をあつくする。

おお、生命あるものよ！
か細い限りと見えて、実はたくましく生きて実を結ぶ生命の木よ。
光を求め、水を汲み上げ、天と地を結ぶ生命の軸よ。
生命を生き、生命をつくり出すものよ。
――それは、このぶどうの木だけではない。
全ての木々が日夜黙々と働き、
生命を
創る。

夕暮れどき、私はぶどうの木のかげに立って祈る。
「主よ、友らと子らと私に、み心ならば、明日も生命をたまえ」と。

もくじ

Ⅲ　いのちを育てる

I　忘れがたき幼・少年の頃

父の手

一九三一年（昭和六年）一月、私は九州佐世保市内のプロテスタント教会の牧師の子として生まれた。幼いころは寝てばかりいる虚弱児だった。やがて近いとわの別れに備えてだろう、枕もとの蓄音機で、父はいつもバッハやブラームスのレコードをかけて聴かせていた。セザール・フランクもあった。ずっと後に、留学生になって敗戦後の北ドイツの荒涼とした冬の海辺をひとりで歩いていると、心の奥底からバッハやブラームスの調べが聴こえてきて、まるで潮騒の中から鳴っているかのようだった。

両親はずいぶん苦労したのだろうが、三、四歳のころから私も普通の子に近い成長をするようになった。しかし町なかは空気がよくないので、父は休日の午後などに、二歳年下の妹と私を山の手へ散歩に連れて行ってくれた。黒いインバネスのマントの下に入って妹と私は肉厚の父の手につかまって歩くのが好きだった。そこには父の匂いがしていた。匂いの記憶は音の思い出とともに不思議に長く脳に残るらしい。

港の見える丘の中腹に今もある比良《ひら》幼稚園にかよい、ひたすら遊ぶ毎日がたのしかった。園長は、眉毛が黒々と太い赤ら顔に口髭を生やした有浦先生という大男で、私たちは「エンチョセンセ」の二股の下を駆け抜けたりした。

のっしのっしと歩くセンセが、ある日私を園庭の隅のベンチに坐らせ、にっこりこちらの目をのぞきこみながら、「節《たかし》くん、きみは一度いけないと言われたことは、二度としない。本当にいい子だ」と、太い低い声でおっしゃった。おなかの底までひびくお声だった。あれはお褒《ほ》めになったのではなく、一生の戒《いまし》めだったのだろう。

幼いころから妹と私は、競い合うようにして食卓の用意や片付け、廊下の雑巾がけなどをした。ほんのひとこと褒められたりすると、余計調子にのった。街のお店に買い物に行くのはもっぱら私の分野だ。小さな妹にはまだ無理だ。私自身も幼稚園児だったが、お釣りを間違いなく手に握って帰るのが、得意だった。そのころは人攫《さら》いということがよくあったから、気をつけなさいと大人に再々言われる。小さな妹をそんな目に遭わせてはいけない、などと私はいっぱし騎士ぶっていた。

ある日のこと。お友だちのSちゃんの家に行くと言って家を出、逆方向の中心街にある市内唯一の百貨店・玉屋にひとりで歩いて行った。乗物類の特別展があるという。どうしてもそれが見たかった。そしてそのあとは屋上のお子さま遊園が待っている。

夕方、何くわぬ顔をして家に帰った。しばらくすると父が、いっしょに風呂に入ろうと言う。「うん」とうなずいて衣服を脱ぎ、洗い場に入ると、裸の父が、

「今日は、どこに行った?」

といつもの静かな声で訊《き》いた。即座に私は「Sちゃんち」と言った。その途端だった。左の頬に痛烈な平手打ちが炸裂《さくれつ》した。右に倒れそうになって、やっと踏みとどまった。

「嘘を　つくな」。

見上げると赤かった父の顔がまっ青になっている。次の瞬間、洗面器一杯のお湯が頭の上からざぶんとかけられた。「入れ」と言われて湯船につかり、いったん出ると石けんの泡がいっぱいのタオルで全身をギュッギュッとこすられた。やっとの思いで、涙声で私は本当のことを言った。父はそのあと、もうつねのように黙っている。母は笑い上戸でいつも朗らかだったが、父は温厚で寡黙だった。父のそのときの沈黙は骨《ほね》身《み》にこたえた。

今にしてたえず想うのだが、本気で怒り、殴ってくれた父がなつかしい。有難い。今の私を叱ってくれる人は、もう誰もいない。正面から本気で、全力で怒ってくれる人はいない。陰口を言う人はいくらでもいる。後ろから刺す人もたくさんいる。しかし、本気で全力を挙げてずばり叱ってくれたのは、わが人生でたった一度、父のあの鉄拳だった。父は戦時中、敵性ヤソの非国民と言われ、戦後かなり早く世を去った。

今の時代は、子どもを叱るのに殴る父親はいないだろう。むしろ家庭内暴力として犯罪とされるだろう。しかし、あの時代にはあの叱り方があったのだ。穏やかな牧師の父が人に手を挙げたのは、一生にたった一度だったろう。私にはそれが何にもかえられぬ思い出である。もう二度とありえないのだ。

親はあまり気張って子への願いや想いを負いこみ過ぎず、子ども自身の成長し、自らを正していく力を信じてほしいと、私は今、幼稚園の現職園長としてつくづく思う。叱るときはぐじぐじ言わず、本気で叱る。そして正しく褒めよう。

若いお母さん方にお願いしたい。母性神話などに乗せられて、独りで頑張り過ぎてはいけない。子育てに肩の力を抜こう。そしてまた逆に手を出し口を出し過ぎまい。幼い子どもには、自分で成長していく力が若い芽のように備わっているのだから。

幼い生命の持つその力は、何と美しいことだろう。それを信じよう。

幼い日々に聞いた音

佐世保

長崎県の佐世保市は明治の初めまでは、小さな漁村であったが、港湾としての天然の条件が非常にいいので、一八八六年（明治一九年）に日本海軍の軍港として造られ始めた町である。細長い湾の入口はまるでとっくりの首のように狭く、湾内の水面域は広い。水深は九メートル以上あって大きな艦船の港に適している。それに南北は高さ数百メートルの緑の山に囲まれていて波風から守られ、外海からは湾内をうかがい知れない。まだ航空機のない時代であったから、これほどの適地はない。

俄然、日本中からあらゆる職種の人が集められてきた。ひとつの村、町としてゆっくり成長していくのではなく、十年くらいで一気に大軍港の形をとるのだからすべては本当に突然のことで、特に言語の上で、諸アクセントが土地の長崎弁の上で猛然と交り合う独特な佐世保弁が生まれた。乱暴な発音や表現もあるが、かげりのない明るさがある。

私がこの町に生まれたのは戦前だが、当時人口急増一七万人と聞く。生まれて、そして八年住んだ町は、賑やかな中心部からほんのちょっと北にはずれた浜田町といい、四方八方から一日中さまざまな音が聞こえていた。生まれ故郷への思い出は何よりもさまざまな「音」である。

我が家の家の南には一軒おいて大きな銭湯があり、洗い桶を抱えて道行く人が下駄の音をコロコロ、ジャラジャラ鳴らして夜遅くまで絶えることなく、広い洗い場にワーンとひびく人声、笑い声がこもり、お湯をかけ合う威勢のいい声や洗い桶をいくつも重ねる音がしている。

我が家のお向かいはカマボコ屋。豊富な魚を加工するためタンタン、タンタンと板で叩いてすり身を練っている。その右隣はブリキ屋。この音はカン高かった。その裏手には鍛冶屋があって昼も夜も重いハンマーが火花と重い音を散らしている。

うちの裏は路地ひとつ隔てて大きな材木屋。いい匂いのする杉や檜《ひのき》の長大な材を、威勢のいいかけ声をかけて運んだり立てて並べたりしている。さらに我が家の右（北）隣は三階建ての大きな旅館で、早朝掃除を了えた女中さんが桶やバケツの水を三階の廊下から我が家の二階の屋根にザアッとぶちまけることもあった。階下まで捨てにいく手間を省いたのだろう。

そして通りひとつ隔てた佐世保川の上には、波のように上下しながら飛びまわる十数羽の鷗のクウクウ啼く声がし、その川の岸辺の通りや橋の上には数多くの子どもたちの遊びまわる声、足音、叫び声、泣きわめく小さな子の、ときに発する絶叫などが絶えず渦巻いていた。今の日本の路上にはすっかりなくなった音々。

と、それらを押しのけるようにチンドン屋の賑やかなチンチン、ドンドン叩き鳴らす音。勢《いさ》ましい一行。遠く近くに銅製のラッパを吹き鳴らすお豆腐屋さんの「トーフ、トーフ」という声。むろん納豆売りはなかった。ところがこれらすべてを圧するように、夕方には少し南の大通りの方から海軍軍楽隊の力強い吹奏楽が聞こえてくる。大通りを行進して、鎮守府の総司令部に帰っていく。そのリズムが正確で、軍楽隊の力強いマーチは幼い私のお気に入りであった。

時折、町内の遠くから、火の見やぐらの火事を告げる半鐘が乱打される。今はそれに代わってパトカーや消防車、救急車のサイレンが日夜鳴り続ける。世界中どこの都市でもそうなのだろう。

バナナの叩き売り

町なかを歩いていると、所々でバナナを山盛りにし、向こう鉢巻の若い衆やおじさんが、それこそ売り台や大地を縄やタオルのたぐいで力一杯叩きながら、声をからしてバナナを売っている。南の国々から輸入したバナナを、みかん箱の上に置いた戸板ほどの大きな板の上に山盛り盛り上げ、「えーっ！　一山五〇銭。いやーっ四〇銭。

バナナ、四〇銭！」と叫んでいる。立ちどまって聞くと、ちっとも売れないから投げ売り、捨て値で叩き売るということらしい。

バナナは南方諸国や南米からの輸入だが、その頃、赤痢菌や疫痢菌が船荷から見つかって大騒ぎ。値段も暴落、まったく売れなくなったらしい。叩き売りというのはバナナそのものを叩いて売るのではなく、叩いて叩いた値段に下げ、相の手にあたりを叩いて景気をつけることらしい。威勢のいい姿と掛け声に立ちどまると、人の流れに後ろからつきとばされそうになる。

安くておいしいバナナを、幼い私と妹は食べさせてもらえなかった。バナナにはさわってもいけない。まして生でなぞ食べさせてもらうことなど絶対にありえない。幼い私たちが余りに「バナナ、バナナが欲しいか」とせがむものだから、斜め輪切りを天ぷらにしたものをいただいたこともある。おいしかったなぁ。大きくなったら、たくさん生で食べるぞ、と思っていたのだが、大陸での日中戦争が激しく拡大するにつれて輸入も細々となり、ついには「台湾干しバナナ」といって、ひなびて細い干しいものようなバナナしか目に入らなくなり、それもついにはなくなった。そして食べる物がすべてなくなってしまった。

戦争が終わってかなりしてから、やっとバナナの輸入も再開された。でも、柴又の寅さんのような威勢のいい叩き売りには、ついぞ会わなくなった。

蓄音機に育てられて

幼い日々の私はからだの弱い虚弱児だった。小学校就学身体検査で二人のお医者さんが「この子は小六まで保《も》ちますまい」と低い声で言っているのが聞こえた。昔のお医者さんはむごいことを平気で言ったものである。しかし周囲の予想に反して、私は次第に普通並の子になっていった。両親の懸命な養育のおかげだった。

私が生まれた時、両親はヴィクターの蓄音機を求め、何もわからぬ赤ん坊の枕もとでよくレコードをかけた。バッハ、シューマン、ブラームスのものがたえず鳴っていたが、幼い私にはバッハのプレリュードとフーガがいつもお気に入りだった。父と母は、早く地上の生を終えるであろう子のため、召される備えをしていたのであろう。

三、四歳になり、父不在のときには自分でレコードを選び、一枚ごとに鉄の針をとりかえて、バッハの曲を聴いた。ピアノやオルガンの一つ一つの音が明確であり、しかも聴く者の心が高くひろくなっていく感じなのだ。戦争が進むにつれ、鉄の針がなくなり、竹の針を使った。

ブルックナーの曲集もあったが難解で、敬遠した。ブラームスの「子守歌」や「日曜日に」の歌などはレコードがすり減るほど聴いた。シャリアピンの歌などもあった。それらすべては戦争の業火のかなたに消えてしまった。

母は歌よりお話をよくしてくれた。新しいお話でも、グリムの童話でも、繰り返しせがんでは聞いた。母はお話の名手だった。

小学校二年を終え、私が満八歳になった春に、私ども一家は東京の北西郊の現在地に移転してきた。社会福祉事業に一身を捧げた祖父のからだが弱ってきたのを助けようとしたのだった。武蔵野の広大な畑地の中の祖父の家に並んで建つ改造農家を求めて、現在に至っている。

さようならピアノ

祖父母の家にはピアノがあり、さっそく練習開始。毎日学校から帰ると手をよく洗い、祖父母の家に行ってピアノに向かう。すると庭の垣根の陰から正ちゃんや、やっちゃんたちのクラスの仲間が、「オシオくん、遊びましょ」と低い小さい声で呼びかけてくる。気持ちはすっかりそちらに飛んでいて、ピアノの課題はなかなか進まない。そのうちに、あとから始めた妹の方が進んで追い抜くではないか。これは面白くない。

ある日先生が一枚の小曲を持っていらして「中休みにこれを練習してらっしゃい」。弾いてみれば単純明快に見えて、左手の伴奏が一筋縄ではいかない。なんだいこんなもの、と毒づきながら、段々腹が立ってきた。右手だけ大きい音を出し、左手はいい加減な音を弾き、ジャーンと終えてピアノの蓋を閉め、ピアノの置いてある祖父の書斎から立ち上がって廊下に出た。

用心、用心。右手の障子の向こうに上州生まれのおっかない祖母が坐っていることがある。そっと行くべし。

廊下に足を踏み入れた途端に、きつい祖母の声。

「タカシ。ちょっとそこにお坐り。あれがピアノの練習というものかね」

すっと障子が左手に開いて、和服姿もピシリと祖母がこちらを向いて坐っている。

「代々綾部藩城代家老の小塩家。その嫡男が、こんな音しか出せないのかね」

声は静かだけど、言うことがでかい。江戸時代の家柄の話だ。私も少々話を大きくして答えることにして、

「おばあさん。ぼく、もうすぐ小学校五年生になる。すると都立の中学受験のための猛勉強が始まるんだよ」。

「おお、そうだったかい。受験かい、そうか。それはしっかりおやり」

――あっという間に無罪放免どころか、受験勉強が終わるまでピアノはお休みとなり、万々歳。それっきりピアノにタッチしたことはない。その後、受験勉強は？　それもついぞしなかった。戦時下、翌年から都立のナンバー・スクールへの進学は内申書だけで決まることになったので、結局おばあさんをだましたことになった。

あれから何年も経って、ドイツに留学していたある初夏の一日。南独の広大なリン

ゴ畑が続く道を走っていると、南方に真っ白なアルプスの連峰が見えてくる。もうすぐザルツブルク。心が躍る。その時、小学校四年の終わりにちょっと触っただけのメロディーが心の中に聞こえてきた。「魔笛」のパパゲーノの歌、モーツァルト五歳の作品K1Cとつながりのあるような。

私は失った歳月のとうとさと、本当に生真面目だった祖母をだましたことになったこの身の愚かさに、運転中の目がかすみ、高速道路をおり、ブレーキを踏んで深く頭を垂れた。でも大空には、モーツァルトの高く明るい笑い声が聞こえてくるかのようであった。

アスパラガス

歩いて二〇分ほどの小学校に自宅から通う道は広い畑の中をゆく野径で、道端には雑草がよく繁り、畑には小麦や大根が育っていた。広大な武蔵野台地の畑が、まだ東京の中にかなり残っていたころに、私は九州佐世保から父母に連れられて、祖父母のいる杉並の地に引っ越してきた。

春だった。家を出てすぐ右手の畑に不思議な作物畑がある。細い鉛筆よりちょっと太いくらいの、薄緑の植物が数本ずつ群をつくって高さ一メートルぐらい伸びている。その先にいわゆる丸や三角の「葉」ではなくて、枝が細く、実に細くなって、網のような掌《て》を広げている。これが「葉」か。その根もとに鍬《くわ》を軽々と振って軽く土寄せしているのは、篠さんのおじいさん。

私は変な少年で、点々とある農家のおじいさんたちと、畑や、固く踏み固められた農家の庭先で、顔見知りどころか、おしゃべり仲間になっていた。畑の作物のこと、雑木林のこと、庭先の木々のこと、話はいっぱいあって、どれもたのしいものであった。武蔵野に多い欅《けやき》や樫《かし》の木の話、雑木林にすむタヌキや野ウサギの話もあった。

砥石の話もよくした。鎌などの研ぎ方も教わった。ただ、おばあさんたちとはだめ。忙しそうに渋い顔をしていて、話しかけようにもとりつく島もない。女性はこわい、と少年の私は深く悟ったようだ。

ところで、篠さんのおじいさんの言うには、サラサラと風を通すような極細の枝だけからなっているこれは、アスパラガスというんだ。パレオロガスではない。「ほら、かんづめにあるだろう。あと二年したら東京オリンピックだ。外人がたくさん来る。そのために育て始めたんだ」。おじいさん、得意そう。

やがて細い幹から何本も出ている、これまた細い枝の根もとに真ん丸い緑の実がひとつずつなり、次々に赤くなっていく。来年の春にはアスパラガスの細い芽が土の中からニョキニョキ出てくるのか、とたのしみになった。つい先ごろ、ヒトラー・ドイツのベルリンでオリンピックがあり、胸躍るような映画「民族の祭典」などを観たばかりである。

ところが、それから一九三八年（昭和一三年）の日中戦争（当時支那事変と言っていた）が拡大し続けて、軍の命令で東京オリンピック組織委員会は、第一二回開会を返上してしまった。大戦が終わり、敗戦日本でオリンピックがやっと開催されたのは、周知のように一九六四年。

アスパラガスはいちど種子を蒔くと一五年は芽を出し続ける野菜なので、あのまま置いておけばよかったのに。もっとも、今はこのあたり、完全な住宅密集地になっていて、アスパラガスどころか雑草の一本もない。

日本の六月は梅雨、うっとうしい季節。ヨーロッパの六月は野も町もライラック（リラ）のまっ盛り、そしてアスパラガス収穫の最盛期。空はまっ青。まっ白なアスパラガスが出回るが、六月二四日で出荷はパタリと終わる。昔からの習慣なのだそうだ。今は諸国からのEUへの輸入が多くて、七月になってもむろんまだアスパラガスにありつける。ほんのちょっと黄味を帯びた白くて太い、長さ二〇センチほどのものの、バター煮やバターいためがおいしい。スープも可。不思議なことに緑の多い日本とは逆で、白が主、緑は少ない。緑はそのまま生でサラダにもするけれど、やはりバター煮か、オーブン焼きでいただく。

ドイツ人やオランダ人は全生涯をかけて、家・住宅には目に見えぬお金を惜しみなくつぎこむが、衣料や料理は日本人と正反対で重きを置かない。だから、オランダやドイツはレストランでのお料理は余り旨くない。衣服も野暮。

お隣のベルギーやフランスの人は、車なぞ洗ったり磨いたりする暇があったら、いいお料理をつくったり、いいお店を探すグルメ。ドイツやオランダと正反対。ところが、そのドイツでも六月のアスパラガスは、単純だけれども、本当においしい。

それには、ケチらずに、ふんだんに使うバターが安くておいしいせいもありそうだ。日本のバターは農水省の非常に厳しい管理の下にあり、国際価格よりはるかに高い。ドイツのたしか二〜三倍くらい高価の高級食品だ。アスパラガスをバターでぐつぐつ煮るなんて、とても考えられない。バターというものはナイフの先にほんのちょっとつけて、そっとパンにつけてうやうやしくいただくだけのもの。

フランスが農業国だというのはよく知られているが、ドイツも食料の自給率は一〇〇％に近く、バター、チーズ、そしてお砂糖（甜菜糖《てんさいとう》）、ビールなどの輸出国である。アスパラガスは輸入もするらしい。食料自給率がとても低い日本は頑張らなくっちゃ。

ドイツ料理で、もうひとつ、とびきりおいしいのは夏から秋にかけての森のキノコ類で、とくにアンズダケ（ピフィッファー・リング）。ガーリック・バターいためは、絶品。感謝していただく。

工場の中学生

戦時下の中学生

中学二年生のとき、私たちは「勤労動員」という政府の命令で、いっせいに学校を離れ、軍需工場で働くことになった。それまでも、教練という課目があり短剣を着装した三八銃をかまえて、藁人形めがけて突進して人形を突き刺す訓練など、殺伐な時間が多く、また、校庭の隅に穴を掘って中にひそみ、敵の戦車が近づくと爆薬を抱えてとび出していく、そんな授業の合間には何キロもクラスごと行軍、そして声の限りに軍歌をがなり立てる。

三八銃とは、明治三七、八年の日露戦争当時の陸軍の歩兵銃で、それ以来この型が一種の神話のように固守されて昭和にまで続いた。大戦中、中学校から引き上げられ、中国大陸やミャンマーに派遣された補充兵たちに、弾丸数発とともに配備されたものであった。これさえあれば勝つと思いこませて。進歩がなかった。

私たちは一転して、時計工場で働くことになって、正直なところホッとした。まるで違う世界であったから。南方のグアム島やサイパン島から日夜アメリカ軍のB29という大きな爆撃機が一万メートルの上空をやってきて日本中、いたるところを爆撃していくのを、せめて高射砲で迎撃する。その弾丸には、高性能の時計をくみこみ、一万メートルの距離を時間に置き換えて上空で爆発させる。その時計を造る仕事の工場に動員されたのだった。

ひとつずつの時計の中心部には、堅い貴石の瑪瑙《めのう》を薄く研磨して作った部品が組みこまれるのだが、一ミリの何十分の一かの正確な薄さ細さがポイントである。ものを造るという仕事は、何とたのしいことか。剣付き鉄砲で藁人形を刺す日々と、何と違っていたことか。

でも工場での実際の工程は厳しいもので、今までに経験したこともない極薄の世界への集中には神経がすりへった。しかし私たちは、軍隊の中にいるわけではないので、仕事がうまくいかないからといって、暴力的にぶん殴られるということはなかった。(日本の軍隊は大体において論理的理念がなくて、ただひたすら殴ることで兵士を訓練した。ひどいものであった)

工場の熟練工たちは次々と徴兵されて、あとをモンペ姿の女工さんたちが懸命に守っている。そこへ入ってきた中学生が、最初から極薄の工程をこなせるわけがない。大量の失敗作が出る。役に立たぬ失敗作、つまりオシャカの山で、あの工場や会社は大変な損失を出したことであろう。材料は高級高価な貴石。でも機械に向かい、油や水にまみれても「物」を造るという毎日は、私たちには本当にたのしいものであった。
（現在、西東京市「シチズン時計」）

山の中の工場

敗戦（終戦）の数ヶ月前、私たちは別の工場に配置替えになった。中央線の西方に高尾という駅がある。が、当時は浅川といっていた。毎朝、家から約四十分歩き、荻窪発五時四五分発の電車で約一時間、浅川に着く。そこから高尾山よりもずっと西方の山の中腹にトンネルを掘って、飛行機の発動機の組立の工場をつくるのである。三鷹のあたりにあった中島製作所の飛行機工場がB29の爆撃で破壊されたあと、残った部品を油で洗って、浅川の西へ運んだ。そこにはたいへんな数の労働者が集められて工事を急いでいた。

私たち中学生は、山のふもとから山中の手掘りトンネルの入口まで、袋に入っている重い部品類を喘ぎながら運びあげる。ところが米軍の偵察機がいつの間にか知ったとみえて、P51やグラマン艦上戦闘機が、木立の下の山道を喘ぎのぼる私たちを超低空から銃撃してくる。爆音を聞いていち早く木の陰にころげ込むと、眼下の谷間から射撃しながらとび上がってくる戦闘機が目の前にいる。サングラスをかけた搭乗米兵の顔がはっきり見える。そんな日々が続いた。時計工場とは雲泥の差だった。

ひとつだけよかったのは、海軍直属の工場らしく昼食が配られたこと。ただし油をしぼったあとの大豆粕と少量のお米を煮たもので、私たちは大喜びでむしゃぶりついたものの、その夜から猛烈な下痢に悩まされた。

さて、ある夕方山を下りて浅川沿いに浅川駅に向けて隊列を組み、疲れた足をひきずりながら歩いていると、先方から海軍の高位の佐官が太くて短い棒を持ってやってくる。私たちの隊列の斜め前には重い袋を持ったおじさんがよろよろと歩いている。頭には軍属らしい帽子をのせているが、いかにも疲れきった足取りである。

次の瞬間、その軍人が棒を振りかざし、よろめくおじさんをぶっ叩いた。「きさま、軍属だから上官には敬礼するんだ。なぜやらん」。そう言って、二度三度と殴りつけた。そのおじさんは半島出身の人らしい。よろめいて倒れそうになった。その時、私たちの後ろから迫ってきていた大学生たちが、バラバラとその軍人を取り囲み、「ひでえじゃないですか。見りゃわかるじゃない、こんな年寄りを」と口々に言いながら、その軍人を路端に追いつめた。あっという間に、軍人はかなり高い路肩から足を踏みはずして川底におちていった。「憲兵が出るぞ」と誰かの声がする。と、大学生たちはひと声もなく夕闇の中へ走り去っていった。

その数日後、一九四五年八月一五日の敗戦（終戦）の前日、私は過労で倒れ半年病床につき、結局、留年して中学三年をもう一度することになったのだった。

シェリーの「西風の歌」

斉藤美州先生

中学三年生のときの思い出である。敗戦（終戦）の翌年一九四六年四月のこと。継ぎのあたったズボンをはき、穴のあいた布靴をはいていた。まわりがみんな同じで、お互い笑うことも、自分の服装を恥ずかしいと思うこともなかった。東京都立第五中学校から分かれた第一四中学（男子校）の三年だった。やがてこの学校も都立高校のひとつになっていくが、その二年前のことである。

四月を迎えた。しかし英語の先生がわれわれ三年三組のクラスにはいらっしゃらない。人事管理がよく機能していなかったらしい。無理もない時代であった。私たちはぼんやり新しい先生の着任を待っていた。ところが驚いた。四月のなか頃に軍服姿の、肩章をはずしたばかりの復員軍人が教室に現われた。

「お待ち遠さま。さあ、三年の英語の教科書を出せ」。そして三、四人片はしから生徒にテキストを読ませ、訳をつけさせる。ほんの数分すると、先生は顔を真っ赤にして、大声で怒りはじめた。

「お前ら、これで三年生というのか。なにも判っていないではないか」と怒鳴り出した。あまりに怒って教壇を踏み抜いてしまった。バリバリッというすごい音がして教壇の床が破れた。「なんにも判っちゃいない。恥ずかしいと思え」。しばらくそうやって独りで怒っていた。

「この教科書では足らん。おれのつくった問題集を謄写版でプリントして配る。毎時間最初の一五分間その問題集をやる。よく準備してこい」。

それはなんとかなったが、さてここに思いがけない邪魔が入った。ほとんど毎日停電が起こったのだ。電車だけは動いているので、クラスメイトのなかには、山の手線に乗ってぐるぐる廻り、車内で字引をひき予習してくる者もあった。私は西武新宿線の下井草駅で、一個所だけの改札口に立って予習をした。その他に、数学や物理も加わったから、大変だった。さいわい駅を乗り降りする人の数はきわめて少ない。

あれから年月が流れていったが私の目の前には、今でも駅のたったひとつぶら下がっていた裸電球がありありと浮かんでくる。うっすらとほこりがかかり、いかにも寒々とした姿。しかし私にはありがたい光源であった。駅に降りてくる人の数がますます少なくなり、駅員はズルをきめこんでか、事務室から出てこようとしない。裸電球が、それだけひとつ下がっていたのか、上を笠がおおっていたのか、今となっては思い出せない。

この英語の先生は斉藤美州という方で、母校の東京高等師範学校のポストが空くのを半年ほど待っておられたので、その間を利用して私たちの学校にお手伝いに来てくださったらしい。あっという間に一学期が終わろうというとき、斉藤先生いわく「来週から夏休みに入る。この五〇日間、土・日をのぞいて、毎朝七時半から一時間、おれの問題集をやる。朝遅れずにやって来い」。

毎朝の授業は、英文和訳にとどまらない。文章全体のほんとうに意味しようとするところに心を配り、主語と客体の関係を明晰にすること、文中の一語たりとも見逃さない。それらを徹底的に教えこまれた。

冬きたりなば　春遠からじ

長い夏休みもあっという間に終わる最後の日。斉藤先生は教室に入ってこられるなり、黒板に左端から小さな字で黒板の右端までひとつの長い詩を書き始めた。手元になんのテキストも持たずに、よくぞ憶えておいでになる。なかなか終わらない。やっと終わったらしく、先生は折っていた腰をのばし、私たちの顔をぐるりと見渡すと、あごを二、三度上にしゃくりあげて、満面の笑みを浮かべ、「どうだ、これがシェリーの『西風の歌』Ode to the West Windだ。全部書いて訳すのはたいへんだから、はじめとおわりのところだけ取り上げよう」。

"The trumpet of a propecy! O Wind,
If Winter comes, can Spring be far behind?"
（預言のラッパたれ！　おお風よ、
冬きたりなば、春遠からじ。）

先生の目が心なしかうるんでみえた。朗々と読み上げるお声が、ほんの少しふるえて聴こえる。読み終わると、先生はまたあごをしゃくりあげる癖を二、三度見せて終わり。

「ああ、ラッパたれとは西風に向けたことばだろうが、ひょっとするとぼくらにあてた励ましの命令かも知れないな」と、少年の私は机にしがみつきながら思った。

これが斉藤先生の最後の授業だった。黒板の長詩を消すこともなく、軍靴をカツカツといわせながら、さっとお帰りになった。（思えば、あの特別授業に「お礼」の一言一文もさし上げなかった。私たちは恩知らずだった）

【注】Ode to the West Wind 西風とは、大西洋から吹き渡ってくる荒々しい冬の風で、詩人シェリーはこの風に青春の想いを託したのだろう。一七九二年生まれ、キーツやバイロンたちと共に、一九世紀英詩の壮大な花を咲かせた。一八二二年イタリアで亡くなった。実際には長い詩で、黒板にお書きになったのは詩の冒頭と終わりの部分だった。

夕陽と朝陽と

日比谷のお濠

歴史の昔から、占領軍というものは被占領民族にとっては、何につけてもいやなものである。私たち日本の場合は一九四五年からの連合軍による占領である。でも、民主主義による国の成長発展という視点からすれば、日本が占領するのではなく、連合軍とくにアメリカ軍に負けて占領されてよかった、と申せよう。日本の昔のままの憲兵と特高による軍国主義が続いていたら、そして日本以外の国々をしいたげていたら、たいへんだった。

さて、しかし、被占領民族の一員である私のような中学生でも、連合軍の総司令部GHQに呼び出され、出頭を命ぜられると、実にいやーな思いがした。

出頭命令の内容も少々あいまいで、どうやら、級友たちとたのしくつくった文集についてのことらしい。令状は「無届けの集会結社、刊行について」という。おそろしい。何やら、反社会的集団活動らしいではないか。中学校事務室を経て伝えられてきた。

「おまえ、首を洗って行ってこいよ」とクラスメイトにはげまされて、ひとりで、日比谷の第一生命ビルを占領接収したGHQに出かけていった。

石段を二、三段あがると、ピストルを一丁腰につけただけのMP（憲兵）が二人入口に立って、中学生の私を迎え入れ、すぐ内部に連絡がついて、なかに入る。アイロンのよくかかった制服姿の情報将校らしい人があらわれ、ごく自然になかに入り、奥の部屋の椅子をすすめられる。

〝ホワッ　チュア　ネーム？〟（君の名前は？）

と、はじまった。二、三やりとりがあったあと、長身の、おだやかな口調の将校が言うには、「君たちは、何やら勝手に、社会批判を含めた文集をつくり、何人もの結社をつくっているようだね」。

「イエス・アンド・ノー」と私。「中三の私たち数人が、文学を少しかじって、手書きの個人誌をつくり、まわし読みをしてきていますが、不穏な社会運動などはしていませんよ」。

「これだね」と訊問官の将校。後ろの机の上にすでに置いてあったボサボサの、私たちの手もとから、いつしか見失われてしまった手書き手づくりの文集を一冊とり出す。

「君たちはこの活動を、地元警察に届け出ていない、と届けがあった」

「仲のいいクラスメイトが個人的に数人あつまって、筆のすさびをたのしみ合うにも、届け出がいるんですか?」

将校、ぐっとつまり、文集(東風「コチ」という名をつけていた)を手にとり、パラパラめくり、コチとは何ぞやと言う。この古い日本語はよくわからないらしい。来たね、私はあのWest Wind「西風」に対抗して、菅原道真の歌から取ってきた題なのだと、けんめいにのべ立てた。我ながらブロークンな雄弁で。

ニコリとして立ち上がった将校、「たのしいスクール生活を送りたまえ」。そう言って小冊子をこちらの手にポンと返してくれた。それで終わり。

解放されて、気がつけば、汗びっしょり。お濠の水面に夕陽がキラキラ光り、柳の並木がやさしく揺れていた。(地元警察とやらが、ケチな点数かせぎをしようとしたのであろうか)

信濃路へ

GHQに呼び出されたのが中学四年生のはじめ。旧い学校制度では、四年のおわりに「四修」といって、「五卒」になる前に、旧制高校を受験することができた。両親がそれを含め、その後一年、財政のやりくりに苦労したろうと思うと、今でも身が縮む。でもそのときには、そういったことに思いは至らなかった。

私は、信州松本の旧制松本高校の入試を受けることにしたのだが、いい決断だった。

教育制度の改革により旧制高校はそれで無くなったのである。最後の受験チャンスだった。そして入学すると、先輩に辻邦生や斎藤宗吉（どくとるマンボウ）がおり、同級生には、映画監督になった熊井啓がいた。何よりもすばらしい先生方が何人もたくさんいらして、私はこの高校時代は、一生に一度、ほんとうによく勉強したと言える。

そこには知性へのあくなき追求と、少年っぽい蛮風もあった。一年を了え、新制大学に移行するので、東京に戻って東大に入った。

それはともかくとして、それより前、一九四八（昭和二三）年二月。はじめて信州（長野県）松本へ、新宿から中央線の列車に乗って受験に出かけた。新宿から甲府まではもう電化されていたが、その先は今となってはなつかしい蒸気機関車がけんめいに列車をひっぱって、八ヶ岳の麓を西北へ西北へと登っていく。トンネルが多い。トンネルに入るたびに、車内は濛々と煤煙がたちこめ、トンネルを出ると相席の少女の顔が真っ黒になってしまったこともあって、「すげえなあ」とひとりごとを言いながら、ふと列車の左窓を見ると、なんと、左手の谷のかなたに鋭い山々が立ち並んでいる。その山々の切り立った岩肌に、純白の雪が凍りつき、八ヶ岳の南からさしこむ午前の陽光に、言いようもない純白の輝きが大空に燃え立っている。何という輝きだろう。私は、ことばを失った。なんと崇高・荘厳な南アルプスの輝きだろう。私は実に生意気に「おお、青春よ、輝きのときよ！」と胸の中で叫んでいた。

Ⅱ　生命あるもの

田んぼの小径

学生寮に入って

敗戦（終戦）後二年数ヶ月目に、私は信州松本の高校（現・信州大学）に入学し、学生寮に入った。畳の部屋の大窓に面した机に向かって坐ると、目の前は鉢伏山、右手は高校の広い運動場。その背後に乗鞍岳。その東の方は、山辺《やまべ》と呼ばれている山々に向かって、田んぼが無数の棚になって重なっている。見飽きることのない景色であった（今はブドウやリンゴの果樹園が多い）。

長い冬が終わって、一面田んぼの「いがぐり頭」のような稲刈り跡が日に日にほんの少しずつ青っぽい「生色」を取り戻している。近くを見れば、畦道にきっともう若草が萌え始めているのだろう。下駄をつっかけてあの畦道まで出かけてみようと思いながら、なかなかその折がない。例えば朝。乏しいとはいえコッペパンがひとつはある朝食が始まるし、すぐにも講義が始まる。和服に袴をつけ、欅とヒマラヤ杉の並木の下を通り抜けて教室へ。思いは習いはじめたドイツ語で一日も早くヘルマン・ヘッセやトーマス・マンの原典を読むことにあった。そしてうれしいことにその日は早くやってきそうである。三月一杯続く授業に、私たちは懸命についていった。

　私たちは遠い未知の世界に自分の足で入っていくことができるように身が震えた。ひとりの級友は早速につい先頃まで禁書だったマルクスの大冊を読みはじめ、また別のひとりは図書館からドイツ語の詩集を借り出して読もうとしている。私の頭から残念ながら田んぼの畦道が消えていくのも止むをえない。

　ところで四人一部屋の新入生の部屋にはもう一室の小さな部屋がついていて、そこに上級生が入室している。この先輩たちが夜になると新しい書物の話をはげしく交わしている。サルトルやボーボワールなど読んでいない新入生は、わかったようなふりをしてやりすごし、深夜になると、先輩が語っていたその本を何とか手にして必死で読んだ。追いつかなくては。翌日、先輩たちが話し合っているそばに寄っていくと、テーマはもはや別のところに移っていて、いわばサルトルはもう古いのであった。その夜に話題の本を追いかけることになる。毎晩いそがしいこと！

　真夜中過ぎ。机上に一冊の本を開き、威儀を正し、早く読みすぎないように一頁一頁ていねいに読んでいく何人もの姿は、まるで聖典に向かっている修道僧のよう。それは岩波書店から出たばかりの文庫版・リルケの『マルテの手記』で、よそから見れば異様な光景だったろう。私たち本人は真剣だった。訳者の望月市恵《いちえ》とは、私たちに今ドイツ語を教えてくださっている望月先生その人に他ならないのだから。

森有正夫人

学校の東側に広大にひろがる田んぼは、何本もの小径畦道でつながっている。目をあげてみると少しあがったところに欅の小さな杜《もり》があり、すてきな二階建ての家がのぞいている。森有正さんの疎開先の家で、両親の代からのお知り合いだ。「遊びにいらっしゃい」と何度も言われても、なかなか遊びになんてうかがえるものではない。

ある休日の午後のこと。寮の電話が鳴り、森さんの奥様から「ちょっと大事な荷物を町中《まちなか》に運ぶので、これからお手伝いしてくださらない？」。さっそくいそいで出かけた。校庭の東側には田んぼの水を集める小川がある。今の時期はまだ水はほとんどないはずなのに、昨日の夕立ちでめずらしく水かさが増している。私は小川をとびこえ、森さんのお宅へ向かった。私はもうすぐ東京に戻る。お別れが近い。

森夫人は凜とした和服姿で足元の白足袋も鮮やかだった。差し出した私の両手の上に横長の和服らしい荷物がずしりと置かれていた。「参りましょう」。夫人はスッスと私の前を進む。西へ向かう小径を歩く裾さばきもみごと。転んではいけないので荷物のおかげでよく見えない足元に気をとられながらも、私は夫人に遅れまいと足を急がせた。

お宅から出た小径が、やがて私たちの学校の東側を区切る小川とそのほとりの小径に行き当たるあたりで、右手の方からかなりの数の子どもたちの歓声が聞こえてきた。

ちょうど私たちとぶつかるような勢いで先頭を走ってくる男の子が、ひとり高くとび上がって一気に走り寄ってくる。他の子たちは何がうれしいのか大きな声で笑いさざめいている。

と、その時だ。先頭の男の子が小川の縁を踏みはずし、私たちの目の前で上向きにスポッと落ちていった。水面まで一メートル弱、水深は三、四〇センチというところか。ちょうど私たちは小川の縁に着いたところだった。意外や意外、かなり水量があり、黄濁している。私は「あ、落ちた」とだけ思った。両手は荷物を落とさないように大事に支えている。その時、森夫人は私の目の前で上品な草履をさっと脱ぎすて、小川の底を見ながら一気に走りはじめた。真っ白な足袋でしばらく走ったあと、夫人は和服のまま小川にとび込んだ。ザブンと男の子をつかみあげ、小川の中央に仁王立ちになり、やがてゆっくり足袋先を土手の土にくい入らせながらのぼってくる。水を吐かせると男の子は目をあけ、急に大声で泣きわめきながら裸足で友人たちの方にかけもどっていった。

「ちょっと、このまま待ってらして」。夫人はお宅にもどり、あっという間にお召し替えをして出ていらっしゃった。スッスと歩いていかれる夫人のあとを、私はひたすらついていくだけであった。

菩提樹

学生寮のリード・オルガン

学生寮の中央棟に入ると、玄関の広い廊下の端に、かなり大きなリード・オルガンが置いてあった。小学校の教室に備えてあったものよりずっと大きい立派なもので黒光りしている。

ふと思いついて蓋をあけ、かつて小学校の先生がしていたように両足でペダルを踏み、そっと鍵盤に手を置いてみた。ごく自然な音が出てきた。腰を据えて弾いてみると、全体としてはまだしっかりしたものだ。小さい頃にピアノを習ったこと、途中でいいうまくやめてしまったこと、厳しくて孫に甘かった祖母のことなどを思い出した。あれからもうずいぶんの年月がたった。ところが鍵盤の手は自然に動くではないか。そうだ、日曜日の午後など、人気《ひとけ》のないときに、たまに弾いてみようか。

しかしそれには楽譜が要る。習い始めたドイツ語の教本によく名の出てくる、ドイツに多いという「菩提樹」がいい。シューベルトの作曲がある。「デア・リンデンバウム」だ。

さっそく空襲でやられていない市内に出かけ、町の古書店をまわった。あの歌なら、きっと音楽の教科書にのっているだろう。戦後三年近くなり、世界名曲集などの新刊も出てきているだろうが、案外中等教育教材などにいくつかの名曲がのっているだろうと思った。その通り。使い古した教材を店の片隅に積み上げているお店があって、私はそこに釘づけになった。そしてついに高等女学校の「世界名曲名歌集」という一冊を見つけた。

我々中学生はついこのあいだまで、朝な夕なに殺伐な軍歌をがなり立てさせられていたが、同じ戦争中でも女学生は外国の言語で世界の名曲を歌っていたのか。この町の名門校のせいか。この町の女学校のレベルは高かったのだ。

パラパラとめくると、ラテン文字のテキストが楽譜の次頁に印刷されている。紙質はあまりよくないけれど、いわゆる「ひげ文字」という古いドイツのひげ模様のような文字ではなく（初学者の私たちは苦労していた）、きれいなラテン文字である。ヒトラーがひげ文字を止めさせてからあとのものだろう。いかにもドイツ的だと威張ったヒトラーは、なぜある日突然理由も明かさずひげ文字を止めさせたのか。それはずいぶん前に、ひげ文字をつくり出したのがユダヤ人だったからだ。そんなことを思い出しながら、安く手に入れた楽譜を大事に抱えて寮に戻った。

大樹のささやき「ここにいればいいのに」

さて、菩提樹にはふつう同名異種で三本の木が挙げられる。

第一は、インドやミャンマーに、亭々と三〇メートルも高く聳えるクワ科の常緑樹で、釈尊がこの木の下で悟りを開いたと言われている。

第二は、シナノキ科の落葉樹で、信州の山野に多く自生しており、皮からは平安時代以来いい繊維がとれる。それでこの土地をシナノ（キ）の国と呼ぶようになった。高さは七、八メートルの落葉樹である。

第三は、シナノキと同属の、ヨーロッパ、とくにドイツにたくさん茂っている堂々たる、これぞ菩提樹と呼ぶに値する落葉樹。高さは一〇メートルくらいのものだが、きれいな傘状に太い枝を張り、葉がいっぱいに茂る。シナノキは初夏に黄色い花をつけるが、こちらはまっ白な花が樹冠全体をすっぽり包むように咲き、大気中に甘い芳香が漂う。たくさんの蜜が採れる。上質でおいしい。そして食卓に欠かせないのが、この花の蜜蠟。テーブルの上の天井から食卓に照明を当てることをせず、まっ白なテーブルクロスに、この木の蜜蠟のローソクを立てて灯し、互いの目を見つめ合って話を始める。会話は目から出発する。

「菩提樹」の歌を含む歌曲集『冬の旅』の主人公は、厳しい徒弟修業途上にある職人志望の若者。ある一箇所に留まってはいけない。親方（マイスター）を何人か訪ねて奉公を重ね、業《わざ》を習い覚え、年単位の修業を積んで、ついには目指す職種のギルドの親方（マイスター）たちの審査用に作品を提出する。そのマスター・ピースの審査を受けて合格すれば、全国規模のギルドに加盟を許され、開業が可能となる。ヨーロッパの職人・親方制度は中世以来ずっとこれが基本だった。

修業のための奉公、その旅は楽ではない。親方の家のひとり娘に気に入られればこれは幸いだろうが。歌曲集『冬の旅』は、実は厳しい修業の旅を歌って、聴く人のおなかの底までその寒さ、冷たさで揺すらずにはおかない。明るい春の夢を一瞬見ることがあろうとも。

市門のそばのひき水の噴泉、そのゴボゴボいう音を聞きながら、修業中の若者は菩提樹のざわめきにひかれる。「ここにいればいいのに」と大樹はささやいてくれる。でも若者は次のマイスターを求めて遠く旅立っていかなくてはならない、極寒の冬の旅の道に、たったひとりで。

人生は孤独なんだ。過酷なのだ。私はオルガンの蓋をおさえてつぶやいた。いい加減な遊び心でこの曲を弾いてはならぬ、そう自分に言い聞かせたが、それがきつ過ぎて、オルガンの蓋も曲集の頁も開けないままでしばらく過ごしてしまった。

お話の中の木

いばら

茨《いばら》をご存じだろうか。うばらともいい、野山に自生する低木で盛んに枝分かれしてみっしり茂る。丈は低く、葉も白い花もとても小さい。つまり花の女王、ばらの野生種である。細い茎に硬くて鋭い棘《とげ》をたくさんつけているので、わざわざ栽培して外敵よけの垣根にすることもある。グリム童話の『いばら姫』では、姫が百年眠るお城をすっぽり包んで生い茂り、人を通さぬどころか、つかまえて「悲惨な死」をとげさせるのが、この茨。しかし百年目にきた王子は無傷で通してあげる。

南ドイツやライン地方には、茨の一種の西洋野茨が野原や道端に勢いよく自生しており、地を這わず、直立して、人の指ほど太い茎の先端に大輪の真っ赤な花を大空に向けて咲かす。白い花もある。詩人ゲーテの若い日の詩にシューベルトやウェルナーが曲をつけた「野ばら」がこれで、少年が手荒く折る野茨は、花咲きそめた少女のこと。「わらべは見たり」という名訳の本当の原典は、「野茨が一輪すらりと伸びて立っているのを見て、少年は……」となっている。実は乱暴な話なのだ。

これに対して日本の野茨は、ほとんど地を這うような小さい山野の下草で、一重《ひとえ》の花は小さな白、たまにピンク。ほんとうにあえかな可憐な姿は、いかにも日本らしい。「野ばら」と言うならこちらの方がいい。でも根は強くて、数百の外来種を接木する台木に使われる。梅雨のない中欧の六月は、ばらやいばらの咲き誇るときで、ローゼン・モーント（ばらの月）と呼ばれている。

コケモモ

アルプスなどの高い山に登ると、寒風吹きすさぶ岩場にみっしり生えているコケモモを見つけることがある。漢字では苔桃と書くが、苔ではなく、ツツジ科の小さな常緑低灌木《かんぼく》である。横に伸びる地下茎から細い枝がいくつも直立して二〇センチほどに伸び、卵型の濃緑つややかな葉をいくつもつけている。七月ごろ、細い枝の先端に釣鐘のような形の花をたくさん吊り下げる。仄紅《ほのくれない》色を帯びた白い花がかわいい。そして秋になると真ん丸で大きい真っ赤な実が熟れ、これがおいしい。ちょっと酸味があって、さわやかに甘い。スイスや中欧の人びとはこの実を採り集めてそのまま食べたり、大量のジャムや果実酒にする。欧州系のアメリカ人もその習慣を受けついでいるらしい。

ロバート・マックロスキーに『サリーのこけももつみ』（石井桃子訳　岩波書店）と

いう絵本がある。小さな女の子のサリーが母に連れられ山にコケモモ摘みに出かけると、同じくコケモモ狙いの熊の親子が山の反対側からやってくる。夢中で摘むうちに、親子は入れ違って出会ってしまい、腰を抜かさんばかりに驚く。でも双方無事に別れ、収穫は上々、というお話。原著者の娘の実体験の由。紺一色の線画なのに山の光がいっぱいで、樅の木の姿など実にいい。

ところが原題は、*Blueberries for Sal*（サルのブルーベリーズ）。えっ？　しかし訳者の石井桃子さんは、あえてこけももと訳している。そして、人名もサリー。なるほど、異文化・異言語の翻訳とは、こういう心くばりがいるものなのだ。

樅の木

樅の木は世界に四十種ほどある。特に欧州、日本、北米の樅はそれぞれ大きさがひどく違う。しかし共通して丸い主幹が真っすぐ上を向いて伸びている。常緑の針葉が密集している枝を、わずかに上向きに張って、端正な円錐型をしている。針葉の先端はまるくて、他のマツ科の木のようには痛くない。そしてほのかにいい匂いがする。小さな花が咲き、円筒型の大きな実になって上向きに直立するのだが、この樅の蜜は極上種である。主根は地上と同じくらい深く真っすぐ下に伸びており、大風にもゆるがない。檜《ひのき》や唐檜《とうひ》の根が浅くて風に弱いのと大変な違いだ。

ドイツ人の祖先のゲルマン民族は、キリスト教が伝えられるよりずっと前からこの木を神木としてあがめていて、のちにこの木をクリスマスの木とした。

さて、『ちいさなもみのき』をご存じだろうか。深い森のはずれの草原に一粒の樅の種子が落ちて育った。ある年のクリスマス近くにひとりの男の人がやってきて、小さな樅の木を根ごと掘り起し、根は麻袋に包んで家に担《かつ》いで帰る。足の難病で寝たきりの小さなむすこのためのツリーにしようと考えたのである。みんながやってきて木に飾りをつけ、古くからのドイツ民謡「ああ　樅の木」を歌った。

この話で私が感動したのは、木を切ってしまうのではなく、凍った大地を深く掘って根ごと家に運び、祝祭が終わるとまたもとに戻してやる、というところである。その男の人つまりお父さんは、毎年そうしていた。ところがある年、待てど暮らせど、やってこない。どうしたのだろう。なんと、クリスマスのその日、病気がなおって大きくなったあの男の子を先頭に、みんなが森をぬけてやってきて、やや大きくなった樅の木を囲んで「ああ　樅の木」の歌をうたって祝ったのであった。

（『ちいさなもみのき』マーガレット・ワイズ・ブラウン作、バーバラ・クーニー画
上條由美子訳　福音館書店　１９９３年）

にわとこ

昔、アルプスより北のヨーロッパにキリスト教が伝えられるより前、ゲルマン民族の信じた八百万《やおよろず》の神々の中に、やさしい女神がいた。森に迷った子や、実直で貧しい人を助ける女神であった。一神教のキリスト教が入ってくると、この女神は神の座から引き降ろされたが、いかつい顔をしているけれども親切なホレおばさんという伝説の人物となり、グリム童話にもやさしい「ホレおばさん」という一篇がある（童話集KHM1、4）。

ホレというのはホルやホルドともいう古語で「やさしい」の意。この語から、ホレおばさんが好きだった木に「ホレの木、ホルンダー」という名がつけられて現代に至っている。「接骨木《にわとこ》」である。高さが五～六メートルになる落葉灌木で、根もとからよく枝わかれし、竹ぼうきを逆さに立てたような姿を森のへりなどに見せる。両手に余るほどの雪のような真っ白い花をつける。ホレおばさんが羽根布団をパンパンはたくと雪が降る、と今でも人びとが言うが、夏のにわとこの花にもホレおばさんのイメージが浮かぶらしい。秋には、黒くて甘い実を枝先にたわわにつける。

花や実は、欧州民間薬でも漢方でも利尿剤に重用され、骨折患部の塗り薬にもなるので、接骨木という面白い漢字が当てられた。骨折の副木《そえぎ》にするわけではない。黒い（日本のは赤い）実は甘くておいしいけれど、ケルン文化会館の館長をしていたとき、館の裏手のにわとこの実をチョイとつまんで帰ると、口の周りが真っ黒になっていて、受付のドイツ娘たちに「ほうれ、ホレおばさんとチュッとしてらした」などと言って笑われた。

梨とリンゴ

グリムのメルヒェンに「手なし娘」（童話集KHM31）という一篇がある。困窮を極めた愚かな父に両手を切り落とされてしまっても、なお神を信じ、真っ直ぐに生きて、ついには悪魔に勝つ娘の物語。両手を失くした少女は、親の家の水車小屋を出て遠くに歩いていくと、ある王さまの庭園に見事な梨の実がなっているのを見つける。飢え切った、しかし心の清い少女が神に祈ると、現われた天使のはからいで少女は庭園に入り、木の枝からじかに実を食べる。ただし、ひとつだけ。翌朝、王さまは梨の実がひとつ足りないのに気づき……、それから波瀾万丈の物語が展開する。

お話は水車小屋の裏にあるリンゴの木からはじまる。実の色については、赤とも黄とも語られていない。グリム以外の多くの童話・昔話でも、リンゴの実の色についいては、まず言及がない。どうしてなのだろう。じつは、ヨーロッパのリンゴの実は青色が主流なのだ。緑の葉陰の青い実は、あまり雄弁ではない。でも、アップルパイやジャムには、青くて固く小さいのがいい。

さて、愚かでエゴイストの父親には呆れ、怒りたつ思いだが（現代日本でも我が子虐待は多い！）、よく実って芳香をはなつ西洋梨のおいしそうな形姿を思いうかべると、うれしくなってしまう。リンゴも梨も、同じくばら科の落葉高木。どちらも春、桜に似た白い花を咲かせる。晩春から初夏にかけて、南ドイツからチロル地方に行くと、見渡す限り純白のリンゴの花が咲き誇り、大気は香り、まさに白妙《しろたえ》の衣《ころも》を敷きつめたようで、息をのむ。そして、咲きはじめには仄《ほの》赤い花弁が、満開の頃には真っ白になってしまう。少女の成長そのもののようではないか。そう言えば、グリムの中の少女たちは全く変わらぬように見えて、じつは、内的にたしかな成長をしていく。これがグリムの魅力のひとつなのである。

ねずの木

「ねず」は円錐形のほっそりした樹型の美しい常緑針葉樹で、ふつうは高さが、五、六メートルで親しみやすい木である。でも長さが一・五センチほどの葉は、まさに針のように細くて鋭く尖っているので、昔はねずみさしと呼ばれていたそうだ。杜《と》松《しょう》とか柏槇《びゃくしん》と呼ばれることもある。英語ではジュニパーという。お酒のジンの語源である。この木の実の油の強い芳香でジンの香りつけをするし、その油は今でも利尿剤に用いられている。

比較的に乾いた土地に多く生えているが、植相の乏しい、つまり樹木の種類が日本よりずっと少ない中・北欧の国々では、丈夫だし形もいいし、あまり大きくならないので庭木や生垣によく用い、文学作品にもしばしば出てくる。グリム童話にずばりこの木の名を題にしたお話がある（童話集ＫＨＭ47）。邦訳では「ねずの木」または「びゃくしんの木の話」と名付けられている。

ある家の庭に生えているねずの木の根もとで子どもをさずかりたいと願った奥さんが、十ヶ月のちに美貌の男の子を産むのだが、この木の下に埋めてほしいと言って死ぬ。男の子は、継母にさんざんいじめられた挙句、首を切られて死に、肉スープにして食べられてしまう。母違いの、しかし優しい妹が泣く泣く兄の骨を拾い集めてねずの木の根もとに置くと、木の枝が分かれて骨をとり上げ、木の中から火が燃え出したかと思うと、一羽の美しい鳥が飛び出す。この鳥が美しくも哀しい歌をうたう。グリムがこの話を記録する前に詩人ゲーテもその民謡風の歌を知って、大作『ファウスト』の中にほぼそのまま取り入れている。

美しい鳥は、ねずの木のもとに戻り、よみがえって父と妹の家に帰るという筋は、じつは残酷だが、ねずの木の生命力を高らかにうたっている。

ブルー・ベリー

早春。庭先の細いブルー・ベリーのひと枝から、真っ赤な枯葉を一枚摘み取ってきて、左手の指先でかざして見ている。

え、とお思いになるだろう。背の低い落葉樹のこの木は、秋に葉を枯らして散らしたはずなのに、と。

そう、ほとんどの株は秋に紅葉か黄葉して葉を落とすのだが、なかに何本か冬の間も葉を落とさず、しっかり枝につけている株がある。不思議だ。針のように細い枝先から、楕円形の紅葉一枚を、指先にかなりの力をこめて捥《も》ぎ取ると、そのあとには何としっかり、春の芽がついている！　可憐な春の芽をずっと守ってきたのだ。親の愛というのか、じーんときてしまう。酷《むご》い人間の私は、身を縮め、緑のところをほんの少し黒ずませながらも、真っ赤に身を大気にひるがえしていた葉を捥ぎ取ってしまったのか。大事に押し葉にしてあげよう。

猫の額のように狭い拙宅の庭だが垣根の金属フェンスの内側に、二〇年ほど前、一〇本ほど自分で苗木を植えた。ほんの少しずつ大きくなって、よく実をつけてくれる。

この木は、木と言うほどではなく、人の指ほどのほっそりした茶色の株が、一本立ちだけでなく、なかには二、三本いっしょに育って、二メートルくらいになる。春の新芽は緑葉になる直前のほんの短いあいだ、ほんのり薄桃色を見せてくれる。かわいい。しかし、数日で緑の濃い葉が茂りだす。

それから咲く花が、これまたかわいい。細長い鐘を吊るしたように下向きに咲く真っ白な花は、いちばん先端がむくれて唇をとがらす子どもの口もとのように、しゃくれている。下からのぞきこむと、なんと純白の花びらの内側は、あえかなピンク色。驚いてしまう。

やがて花は落ち、青白い丸い実がなる。弱々しくあおざめた色のまん丸い実。まだ小さい。ところが、それが次第に大きくなるにつれ、これまたあえかな桃色、いやピンクに染まる。胸がときめくではないか。

夏の陽光を浴びて、もう一度青白くなったかと思うと、深い黒紫色に実り切って、指先をふれただけでポロリと落ちる。ほんの少し酸味があり、甘くておいしい。

朝早くヒヨ、ヒヨとかなり強い啼き声をたててヒヨ鳥が仲間を呼んでやってくる。するとそれに誘われたように、近所のおじいさんが現れる。左手にビニールの袋を用意して。「よく実ったのう」とうれしげにフェンスの金網の間に手をさしこみ、器用に摘み集めている。こちらがようやく玄関の扉を開けると、耳の遠いはずのおじいさん、すっと手をひっこめて悠々とお立ちのき。ビニール袋は黒い実がいっぱい。

ありゃあ長生きするだろうと見送っていると、別のおじいさんが現れ、こちらの姿を見ると、スタスタ散歩風にお帰りになる。昔、ご近所の家の桑の実をつまんで食べると、口の中が真っ黒になって消えず、すぐバレてしまったことを思い出す。エリコの町で、イエスのお姿を見ようと取税人ザアカイがよじのぼったのは、イチジク・クワの木だったか。

秋。紅葉するブルー・ベリーのうちの何本かは真っ赤に紅葉し、朝日を浴びると透き通ったルビーのように輝く。タカオモミジ、ナナカマド、ウルシなど紅葉の美しい木はたくさんあるが、小さな姿なのに全身を真紅に染めるこの木、ブルー・ベリーほど輝かしい木はないだろう。そして紅葉した株のうちの何本かは（全部ではない）、冬の間も葉を落とさずに冬芽を春まで守っている。

この木、もともとは日本にはなく、戦後数年してアメリカから苗木が輸入された。ツツジ科の落葉（！）低木と分類されており、肥料をあまりやらなくてよい、まことに手のかからぬ木である。土壌はどちらかと言えば乾き気味の土がいい。太陽の光りはたっぷり浴びないといけない。

――さて私は、長いことドイツ語・ドイツ文学の教師をしてきた。在任中から、小さな幼稚園の園長も、教授会の同意承認を得て、引き受けてきた。

ある年の春、私のゼミでよく学んでいた学生のひとりが、遠い故郷の町広島に職を得て赴任していった。

その五月。小包がそのもと学生から送られてきた。初任給で求めたブルー・ベリーのジャム。日本のはしりだったろう。「〝センセ〟の目のために」というカードの添え書。近眼の強い私の目をいたわってくれたのだ。そしてそれは一回ではなかった。中味や形を変えて、もう何十年も続いている。そして私は、この木の苗木を植えたのであった。

〝センセ〟というのは、幼稚園の子どもたちが「エンチョ・センセ」と呼ぶのを知ったゼミ学生たちがつけた徒名《あだな》で、いつの間にか、口やかましい大学の教授会でもそう呼ばれるようになってしまった。

橅の木

橅《ぶな》の木は、比較的高い山地の湿潤な土地によく育つ落葉高木である。ご存じのように、青森県と秋田県の県境に東西にのびている白神《しらかみ》山地は、世界でも有数の、いやたぶん最高級の橅の原生林である。つまり人間の手の入ったことがない、自然のままの森である。山みちの整備が自然をこわさぬように、用心深く、しかし実によくととのえられていて、静かな深い森の中を安心して歩くことができる。

小さな池がいくつもあるところをみると、水気《け》を充分含んだ風が日本海から吹いてきて、この山地に当たってたっぷり雨を降らすのである。

どの木も、灰色の幹に「地衣《ちい》」と呼ばれる、薄い苔のような菌《きん》がいろいろな模様を描いているのが面白い。あまり高くないところで枝分かれした先には、卵型をした薄緑の葉がわずかな風にもこすれ合って、さやさや鳴っている。秋になるとまるでソバの実を大きくしたような三つの稜をもった、角ばったドングリが黄色い落ち葉の下にかくれるように落ちる。すると、リスや小鳥が落ち葉の下から見つけだして食べに食べる。ドイツでは今もブナのドングリを食べた放牧の豚の肉がいちばん上質といわれている。確かにドイツの豚肉は旨い。

かつて日本の山々には橅の原生林が各地にあった。北海道西岸から九州まであって、その落ち葉は土壌を豊かにし、河川に多くのプランクトンを供給していた。

ところがこの木にはマイナス点もあって、幹があまり伸びず、途中で枝分かれしてしまう。材木としてはマイナスである。そして成長が割合ゆっくりしている。そこで戦争後、日本の政府は「橅退治」をとなえ、「橅は文字で見てもわかるように、木では無《な》い」といって片端から切り倒し、代わりに成長が速くて経済的にプラスが大きいと思われた杉の植林を、全国で強力に進めた。だから、今日の日本の森の半分以上が杉の植林である。そして杉の木は、橅の仇《あだ》を討《う》つとでもいうかのように花粉を濛々と吹き上げて人々を苦しめている。むろん杉の価値は高く成長も速いけれども、その葉は必ずしもいい土壌はつくらず、河川のプランクトンは増えない。杉の葉は線香をつくるにはいいけれども。そして峻険な日本の山の奥から大きくなった杉の木を伐り出すのは人手もなくなって無理になった。杉の森は冷たく、暗く繁っているばかりである。

ある早春の一日。専門分野は違うけれども仲良しの友人にさそわれて、中部ドイツの北に連なるハルツ山中に小さな旅をした。山といっても日本のように厳しい高山はなく、全国が公園のような土地だから、私の運転で出かけた。登るにつれ、外気温度はぐんぐんさがり、マイナスをさしている。友人の伯父さんが署長をしている営林署の堂々たる山小屋に着くと、とっぷり日が暮れ、ストーブには樵の薪がゴウゴウと燃え、ストーブの上には夕食に鹿の肉のシチューがぐつぐつ煮えている。コケモモのワインで乾杯。

夜、二階の寝室に案内されて驚いた。二重ガラスの大きい窓が開けはなしになっているではないか。厳しい外気が流れこんでいる。思わず身震いした。隣室の友人を呼ぶと、「うん、窓はあけて寝るもんだよ。都会の家の地階ではしないがね」と言う。私はシャツに靴下、上着まで着こんでベッドに入ったが、やがて羽根布団の中は体温で自然にあたたかくなり、一枚、二枚と着たものを脱いで、ついにはネマキ一枚でぐっすり眠った。

翌朝目がさめ、明るい窓の外を見ると、山頂は深い樵の森。そして一本一本たくましい樵の木の根もとは、水分を吸い上げる力が強いので、「うろ」というのだろう、直径一メートルくらいの丸い雪どけの穴がポッカリ出来ている。どの木の根もともそう。黒い土が穴の底に見えている。樵はぐんぐん大地の水を吸い上げるのだ。外に出て「うろ」のない木の幹に耳をあてると、コクン、コクンと水のあがっていく小さな音が聞こえる。まるで動物の血流のようではないか。

ところで、ドイツの橅の木は、日本の同属とはだいぶちがっていて、幹がもっと太く、直立の部分がずっと高い。日本の橅には必ずある地衣という菌がまったくなくて、白灰色の幹は肌がツルツル滑らか。

なるほど、イギリス（アングロサクソン）人やドイツ人の祖先であるゲルマン人は、橅の幹に記号や標識を刻んで、文字盤のように使った。シューベルト作曲の「菩提樹」のように。ドイツ語で「文字」は「ブナに刻んだもの」という単語である。「本」Buch（英語 book）は、「ブナ」Buche（英語 beech）から出来たことばだった。

ものを「書く」のも、ブナの幹にサインや文字を「ひっかく」から出来たものであった。その文字は二〇〇〇年の昔、アルプスを越えて南から学んだルーネ文字やラテン文字であった。日本の橅の木は幹の肌に地衣が一面に張っていて、文字を刻みこむわけにはいかない。その代わりに日本では、コウゾやミツマタの樹皮を漉《す》いてつくる紙・和紙が発達したのであった。

紅葉

モミジのような手

今、現在も私は、体調がひどく不調でない限り、毎朝登園してくる園児たち二二〇人とお母さんたちとを、握手で迎えている。とくに子どもたち各人の手ざわりは別々で、個性がある。いつまでも、そう、三〇年たっても忘れずに覚えている掌《て》がいくつもある。大人のように仕事や家事や心労で荒れておらず、まだシミひとつない幼児の手の温かさ、柔らかさ、かわいさといったらない。登園時の体調が悪いときは、目と掌に出る。

むろん普通の日本社会や家庭にはない握手という習慣が気に入らぬ子もいる。ゆっくり待つ。一年も二年でも待つ。すると、ある日突然スッと手が出てきて自然に握手ができる。嬉しい朝だ。ああ、このモミジのようなかわいい手、とつい言い伝えのままの感慨を唇にのせたりして、我ながらおかしい。なぜモミジのような手というのであろうか。そう、モミジと俗称されているカエデの一種の葉が、赤ちゃんや幼児の掌のように美しく、かわいいからだろう。

モミジ

もともとモミジは、木の名ではなくて、布や織物に色をつけるため草木の色素を揉《も》み出して染めた、その「揉み出す」「揉み出る」が転じて、樹木の緑が赤や黄色に染まる、染めることをさして使うようになったそう。モミジという木の名はなかった。いろいろな木が秋に色づき、赤や黄に染まることをさしたのである。落葉広葉樹が秋を迎えると身を守るために、活動の落ちた葉をふり落とす。落葉である。葉の中に蓄えられていた糖分が変色して赤や黄色になって地上に散っていく。美しい色が揉み出される、「モミジ」するわけ。

山々や森には、秋になるとナナカマドやウルシ、イチョウ、ツタなど実に多くのモミジする植物があるわけだが、日本の山野で広く見られるのは楓（カエデ）で、その楓にも何種類かあり、紅葉《コウヨウ》でなく黄葉するものもあるし、私たちがふつう「モミジ」と呼んでしまっているカエデは、その中の一種「イロハカエデ」である。葉が人の掌の指のように割れているので、イロハニホヘト、と数え遊びできるということからこの名がつき、さらに、京都の高雄の木々が都に近くて愛されたため、「タカオカエデ」と呼ばれ、それが次第にカエデの紅葉を代表するものとされて「タカオモミジ」↓「モミジ」となった由。奈良時代つまり万葉集のころは、モミジとは黄色に染まることを指したのだそうだ。平安時代になると中国文化の圧倒的影響を受けて、赤、紅色をよしとするようになった。

京都・高雄のカエデが特に賞《め》でられたのは、その紅色だけでなく、周囲のカシや針葉樹の常緑との対比が美しかったからであろう。

そう言えば、私も少年時代、敗戦直後の人っ子一人もいない秋の上高地に松本から歩いて行ったことがある。その雄大な景観に心底打たれたが、モミジした大きなカエデと針葉樹の色の鮮やかな対比には、本当に驚いた。宇宙的なドラマであった。あれはタカオカエデではなかった——。

楓（カエデ）

以上述べたように、カエデの中の一種類が初めは特別に紅葉を愛されて京貴族に「モミジ」と呼ばれ、全国に広がった。現代になってカエデをモミジの木と子どもたちが呼んでも「間違いだよ」と直してやらなくていい。そのうちに、カエデ科モミジ、という正式分類名がつくようになるかもしれない。ことばは変わっていくもの。しかし、私は何となく上高地の大きなカエデたちに済まぬような思いがしてならない。

さらに思い出すのは、ライン河のほとりにどこまでも続いている、葉が余り割れていない薄紅や黄色のカエデの並木である。日本ではイタヤカエデという種類に当たるのであろうか、ぴたり同じかどうかさだかではない。それにまたウィーンのシェーンブルン宮殿を囲む生垣も、ふつうなら針葉樹であろうに、あそこの木はたしかカエデの一種だったと思う。日本を代表するタカオモミジ、つまりふつう我々がモミジと呼ぶ木は海外では Japanese Maple と呼ばれ、特別扱いされている。メープルというと、樹液から採れるメープル・シュガーを想う。どのカエデの樹液もほんのり甘いそうである。

カエデはこのほかに、一枚の葉が五本、七本どころかもっとたくさんに割れている種類もあれば、たった三つしか分かれ目のないものもある。何しろ一二〇種以上あるそうだから。どれにも共通しているのは、種子にプロペラのような翼がついていることと。しかもそれが実は余り遠くへ飛ばないこと。木の幹はだいたい灰色で、木の形も何とかすっと高くなるものもあれば、タカオモミジのように根もとから分かれる、いわゆる株立ちの多いのもある。どれも樹木として堂々とはしていない。

ところがである。その材はどれも緻密で美しく、家具や楽器、とくにヴァイオリンの側（甲）板と裏（甲）板はカエデに限るそうだ。ストラディヴァリー一族は、チロル山中のドイツ・トウヒの材を表に、そしてカエデの材を側板と裏に使っていた。今は合板万能の時代だが、本当にいいヴァイオリンは当時のままだそうである。

つまり、木々も、草も花も人も、すべて生命あるもの、生かされているものは外観如何を問わず、生きる意味と価値を与えられているのだ。

唐松

唐松がもみじするとき

秋が深まってきた。多くの木が一年よく働いた葉を、どの葉柄の根もとからも落としていく。吹く風にのせていっせいに払い落とす木もあれば、一枚一枚、別れを惜しむかのようにゆっくり地上に落としていく木もあり、それぞれの小さな、目に見えぬドラマがある。

園児たちが自由時間にワッと駆け出していく。そしてしばらくすると、何人かが庭に散った枯葉を手にして、自分たちの保育室に戻ってくる。保育室にいる先生に真っ白な大きい画用紙を出してもらい、それぞれに拾ってきた落ち葉を貼りつけていく。いろんな形に並べていく。大きな落ち葉を一枚だけ、画用紙の中央に重々しく貼る子がいる、と思えば、画用紙全面に隙間なく貼りつける子。丸い円をつくる子。列を面白く並べる子。自由な発想で、思い思いのたのしい空間が出来ていく。以前のようにいちいち先生の意見を聞くこともなく、セロテープを片手に自由造形。どれも面白い。そして落ち葉ひとつひとつの色彩や形、筋のぐあいなど、子どもは「美しい」なんて言わないけれど、こうして何かが出来ていくのが、とてものしい。

　ここにはないのが、残念ながら唐松の枯れた針葉。ふつう針葉樹は常緑樹だが、唐松は日本在来の落葉樹である。秋に針葉を落とすメタセコイヤは外来の木。唐松の落ち葉はほんとうに細いし、色も地味な茶色で幼児たちの目を惹かないようである。

　でも秋の「もみじ」する唐松はみごとだ。いちばん下の下枝から梢まで一気に色づく。それは驚くような速さで行われる。緑の針葉も、茶色に燃え上がったような木も、枝についた葉は細かくて風がさわやかに吹き抜けていく。唐松は、とくに日本の在来種は小柄で背もせいぜい二〇メートルほど。欧米の唐松は五〇メートルにもなる木々で、たくましい。堂々たるものである。そして欧米の唐松は群生を嫌い、一本一本孤立して威張っている。それに引きかえ日本の唐松は、一本一本が孤立して威張ってはおらず、仲間と群をなすのが普通。同じ木でも、東西でこんなにも違うとは！　そして欧米の唐松は「もみじ」するとき、日本のように深い茶色ではなく、王者にふさわしく、黄金色に一気に染まるので、実にドラマチックである。

　唐松の材は、東西とも脂が多い。それで木製の水道管や、瓦の下に敷く「こけら」によく用いられる。細工をするには脂が多くて、つくりにくいので、大鍋に湯をわかし、若木をグツグツ煮て使うという。その作業を「湯抜き」というそうだ。

　ところで、日本在来の樹木だというのに、なぜ「唐松」というのだろうか。それは江戸時代に植木屋さんが「唐風《カラフウ》」だと褒め称えたところから来た由。何しろ形がいい。スキッとした円錐形である。

ポーランドで

ポーランドには、なんども旅をした。あるとき、ワルシャワから車で南のクラクフまで出かけて行った。いくら走っても大地が真平で、起伏や山というものがない。ポーランドの「ポー」は平らという意味だそうで、南の方へずっと行くと山があるが、国土の中部と北部が真平なのである。

大きい森をぬけると、ほんのちょっとした起伏があり、私はそこに車を停めて、低い丘の上に立った。すると下の方にじつは広大な唐松の林が広がっている。はるかかなたのワルシャワはもう見えない。しかし目の届く限り緑の唐松の大森林が広がっているではないか。

不思議なことに、ここの唐松は背が低くてはるかな北方まで見渡せる。ということはこの大地が北に向かってやや下がっているということでないか。私はあらためて森の唐松をよく見てみた。どの木もだいたい二〇メートルくらいの小ささである。おや、ここはヨーロッパではないのか。

ドイツや北欧の唐松は、群生をしない。ところがここらの唐松は群生どころか大森林をつくっているではないか。どうしてなのだろう、と私は考えた。

　クラクフの大学で、ポーランドの唐松は日本の唐松と交配してつくられたものだと教えられた。なるほど日本の唐松は一本だけ立っているのではなく、何本かできれいな林をつくっている。北原白秋の有名な詩「落葉松」の一行「からまつはさびしかりけり」を思い出す。

　ここポーランドでの唐松は、さびしくない。大平原の果てまで唐松の森が広がっている。日本とポーランドの間には、この唐松の交配のように深いつながりと異質性があるのだとしみじみ思った。

わらべうた

緑が一日一日濃くなっていく日々、よく見るとどの木の緑色も互いに違う。今日は半日園庭で、自由遊び時間中の園児たちの遊ぶ姿を見ていた。皆のびのびと遊んでいる。

ついこのあいだ入園したばかりのように思っていた三歳の年少児が、あっという間に最年長児となり、園庭の端から端までを駆け廻っている。その顔の真剣にひきしまっていること。泣き虫小僧たちがこんなにも成長するものなのか。そして走り終わると、縄とびに鉄棒、ブランコ、ジャングルジム、フラフープにボール投げと忙しい。

女の子たちは半数は室内で折り紙に夢中だが、半数は砂場にとび出し、小さい子は砂に水をたらしてこねまわし、固い砂団子をつくる。何人かの女の子はカエデモミジの木に平気でよじ登って遊んでいる。男の子より女の子の方が木登り好きなのは、この園の長い伝統（！）。

しかし、もう少し違う遊びをしているグループもある。

「かごめ　かごめ、

かごのなかのとりは、
いついつ出やる」

と手をつないで歌いながら遊んでいる。とても真剣な表情だが、猛スピードで走り廻っている男の子たちの真剣さとは違って、彼女たちはうっとりとしたような表情を浮かべながら同じ問いをくり返している、たのしげに歌いながらなんていい顔だろう。歌いながら遊ぶ子どもたち。それも古い昔からのわらべうたを。

と、そのとき後ろの方で三、四人の小グループが、何と季節はずれの歌をうたっている。

「おおさむ　こさむ
やまから　こぞうが　ないてきた」

今日は好天とは言え四月にしては寒い一日だった。それで思いついたのだろうか。古さも古し、江戸時代の記録にちゃんと残されているこの歌！　親指だけを一本立て、首をすくめて歩き廻って歌っている。若い先生が教えたわけではないらしい。お母さんというよりお祖母さんから教わってきているのか。ちゃんと数人で声もしぐさもぴたり合っている。私はなぜかとても感動した。

たしか、「うさぎ　うさぎ　なにょみてはねる」と同じくらいに古いうたである。テレビやスマホの音の洪水が当たり前になってしまった現代のこの子たちの心の底から、こんなにも古いわらべうたが自然に歌い出されてくるとは何と不思議なことだろう。誰が作詞作曲したか、今となってはけっしてわからない、遠い遠い昔の日本の各地。洟垂《はなた》れ小僧たちが田んぼのあぜ径で手をつないで歌いながら、前へ進み後ろにさがりわめいていた。破れ着物で裸足の子もいる。でもみんな一緒の遊びに一心不乱。数百年の歴史が一気に流れていき、そのまま生きている。

この時、私のドイツ的な思考の悪い癖が出てきてしまった。

「わらべうただな、これは。つまり童謡ではないのだ。童謡というのは、明治以降の作詞作曲がはっきりわかっている作品。子どもの心情を、大人が子どもに代わってか成りすまして、大人のことばで表現し、作曲した、いわばつくりものだ。

しかしわらべうたは、童謡とは違う。もっと古い昔から、都やひなの子どもたちが、日本のいたるところで、集団をつくると、自然に歌い出し、からだを動かしながら共同の自然認識や感動や、あるいは仲間はずれの子を痛めつけるような意地悪をはやしたてたり、笑ったり、足をはねたり、歌いついできたもので、この二者は区別しなくてはならない。

大正期につくられた童謡は、みごとに人を泣かせる。でも、童謡は人に聞かせるために計算してつくったものだな。作り物なのだ」——。

こんな二項対立をすぐ考えるのは私の悪い癖で、今日は、そこですぐ止めた。童謡という「作り物」であるジャンルにも、いいものがたくさんあり、私の夢にも鳴っているものも少なくない。「兎追いし」と始まる『故郷』の曲など、最初の一音が鳴っただけで、もう目がうるんでしまう。でも、これら明治以降の童謡は、それぞれ独立した作品であって、遊びながら自然に踊ってしまう集団のものではない。孤独な「作品」だ。それはそれでいいが、何百年も古い日本の子どもたちの自然なうた、わらべうたこそ大事にしたいものである。

北原白秋は古いわらべうたをあらためて全国的に掘り起こし、『赤い鳥』誌などで復活させたその数、何と二万という。どこの民族にもこういった古いわらべうたがある。

この幼児たちが、現代社会の電子技術化に負けないで、それを悠々と使いこなし乗り越えて、しかも母語の（そう、母胎から聴いて生まれ育ったことばの）自然な豊かさ美しさをちゃんと身につけていきますように！

（参考文献　落合美智子『乳幼児おはなし会とわらべうた』）

峠

峠という言葉からは、なぜか、ほんの少し気持ちの安らぐ気配がする。辛い山越えの旅をしていて、山と山の間の低くくびれたところにやっと辿りついたとき、誰しも「これで峠を越える」と思うし、また転じて、幼な子の急病を徹夜看病した明け方、思いがけず高熱が下がって呼吸がらくになったのを知ったとき、思わず、「病気は峠を越した」と口にしたりする。危機を乗り越えたのだ。

峠という言葉には、大した意味はないかもしれないが、なつかしい思いがするのは、日本人独特の感想らしい。山径を上がったり下がったりする峠。そのままを文字にした単純な単語である。

そもそも日本は峠の多い国だ。国土の七〇パーセントが山また山で、それでいてとても長い海岸線に包まれている、不思議な島国でもある。

この山国の中で場所の移動をするとき、つまりある所から別の場所、村や町に行こうとすると、現在は空の便や鉄道、高速道路や船便を使えるが、つい一三〇年ほど前までの日本では、山も谷も二本足で歩かなくてはならなかった。馬に乗れるのは宿場の整った街道か、ひとつの藩の中でのはなし。参勤交代の大名領主たちも江戸往復の全行程を駕籠《かご》に乗って旅するのは余程豊かな藩主たちであって、箱根などでは他藩の気配がないと殿様も駕籠をおりて歩いたそうだ。駕籠舁《か》きの労をいたわったのである。

全国いたるところに山があり、そこを越えていかなくてはならない。当然、連なる山々のいちばん低くなった鞍部に登って越えていく。山々の鞍部を横切るところ、そこを峠と呼ぶ。

この「峠」とい字は、いわゆる漢字ではなくて日本で作られた「国字」である。そういう和製の国字はいくつもある。「辻」とか「榊《さかき》」など。漢字の本家である中国では重々しく「嶺」と言う由。英語やドイツ語ではごく簡単に「パス」、つまりさっと大急ぎで通り過ぎていく狭いところ、という語であり、フランス語やイタリア語ではボトルの首のくびれを意味する「コル」と呼ぶ。

これにくらべると、山の国日本では思い入れが強くて、峠という語の由来にもふたつの説がある。古代日本語では鞍部のことを「タワ」といったそうで、タワを越えることをタワゴエと言い、そこからトウゲが生まれたという。

もうひとつの説は、自然信仰のあつかった昔の人が、山を越えていくとき、来《こ》しかたを振り返り、無事を祈って道祖神に何かの献げ物を「タムケ」た。そのタムケからトウゲが生まれたと言われる。

日本全国には名前のついている峠が一万箇所以上ある。二〇〇〇年前から呼ばれていたらしい碓氷《うすい》峠や御坂《みさか》峠など、古来の自然信仰というか神道のなごりが感じられる。時代は下がって、戦時や参勤交代路として、また物資輸送路や参詣路上にある大事なところは、狭くてもよく整備され、峠の茶屋や地蔵像が置かれたりする。でも明治一〇年ごろから社会の近代化が進んで、峠道は荒れる。

ところがごく最近、「歴史を歩く」、「自然に親しむ」志向の高まりを受けて、各地の峠が復活しつつある由、うれしいことではないか。

峠を越える、あるいは峠まで登るには方法がふた通りある。ひとつは山脈裾の谷間をその奥まで進んでいって、最後に一気に峠めがけて急斜面を登っていくルートと、もうひとつは、目ざす山々の手前の低い支稜にまず登り、その尾根を峠に向かっていく。どちらか。

ブレンナー峠を越えて

幾つもの峠を踏んで歩いたが、私が好きで何度も越えたのは、オーストリアとイタリアの国境にあるブレンナー峠である。イタリア語ではブレンネロという。アルプスの高い山脈をたった一度の、つまり何度も登りおりしないで、ただひとつの峠だけで越えてしまう、有史以来の重要な峠。高さわずか一三七〇メートル。左右は三〇〇〇メートル級の山々が切り立つ壁のように押し迫る、昼なお暗い峠。

北のオーストリア、ドイツ側を眺めると、深々とした黒いモミやトウヒの森から夏の日にも霧が立ち上り、雲となって上昇し、混沌たる渦をなしながら、何らかの明晰な精神の「形」をつくろうとしている。

寒い。振り返って南に向かうと、ほんの一寸南に寄ったとたんに、厚い頭上の雲がぷっつりほつれて隙間が出来、さらに南へ歩いていくと雲間が広がって青い空が覗き、それがぐんぐん広がっていき、なんと大空いっぱいに、底抜けに明るいイタリアの歌が朗々と鳴っているかのよう。何もかも明るく見えて、輪郭がはっきりしてくる。何と劇的な北と南の違いであろう。

何千年も前から人びとはこの峠を越えて往き来をし、エトルリア人やローマ兵が道路を造り、ラテン文字や聖書を伝え、後には少年モーツァルトが馬車で三度もここを越えてイタリアに行き、詩人ゲーテは「我もまたアルカディアに」とつぶやきながら踊るようにして南へ旅したのであった。しかしまた、ヒトラーとムッソリーニはこの峠の上で軍事会談をし、第二次世界大戦末期にはここで連合国軍とナチ・ドイツ軍の激戦がかわされた。峠とはそういった人間の歴史を今も静かに見やっている。

鰯

山々の峠を越えていく話から急転して生ぐさい話に入るのを、どうかお許しいただきたい。山を越えれば海、これが日本。

私が生まれ育った九州の佐世保は、あえて言うまでもなく軍港だった。明治以前は小さな漁村に過ぎなかった。戦後の今でも漁港としても活気がある。活《い》きのいいお魚が手に入る。

戦前の思い出話で恐縮だが、毎朝早く、魚売りのおじさんが景気のいい掛け声の尾を長くひっぱりながら売りに来る。天秤棒《てんびん》の前と後ろに海水を張った浅い桶《おけ》をさげ、えっさえっさと、活きのいい魚だよ、と触れて歩いたものだ。桶というか浅いたらいの中には、生きた鰯《いわし》がぐるぐる泳ぎ廻っている。真っ青な肌がきれいだった。

たまには大人に連れられて海に小舟を漕ぎ出し、釣れたての鰯の腹を親指でキュッとおし開き、海水でさっと洗って丸ごと食べる。そのおいしさといったらなかった。

ところが七歳の終わりに、もともと代々の家のあった東京に移ってくると、あんなに新鮮で、いわばピカピカ光っているような鰯はついぞ見かけることがなくなった。

魚屋さんの店先に並べられた幾種類もの品の隅の方に、生気のない「くたん」となって鈍い鉛色の、うろこのはげおちそうな鰯が何本か重ねられている。惨めとしか言いようがない。買って食べる気になんぞ、なりっこがない。

イワシを日本独特の和製字「鰯」と書くのも、外気に触れると鮮度が急速に落ち易くて、温度に〝弱い〟からなのだろう。東京って、何て魚文化の貧しく乏しいところだろう、と子ども心に思ったものだ。

むろん、氷の上にのせられた高級魚もあったのだが、我が家の食卓には鰯も高級魚も余りのらなかった。「そげんこつ！」と叱られそうだが。

現在は流通がよくなって、東京のはずれでも、まああの魚が手に入るが、深海魚が多く、本当においしい鰯にはとうていお目にかかれない。サバやイカとか、輸入物のサーモンなら、スーパーでたくさん売っているけれども……。

太平洋の九十九里浜などでは、今でも鰯がよく獲《と》れる由。生食用よりも干物にしたり、油脂をとったり、肥料用のしめ粕《かす》にしたり、あるいは他の大きい魚の餌にする。サーディン缶詰にもする。でも、舌の肥えた現代日本人の食卓には余りのらないようだ。

丸干しで思い出すのは、もう何年も前のことだが、経団連という財界の組織があり、その大物会長だった土光敏夫さんの自宅での、夕食風景がテレビで放映されているのを、偶然視たことがあった。老いてなお元気な土光さんが固そうな鰯の丸干しを丸ごとムシャムシャ食べている。

食べ終わると、「もう一本ないかね」ときく。しっかり者らしい奥さんが、「もう一本はありません」と、一言のもとにピシャリとはねつける。老武士のような土光さんの口惜しそうな顔といったらなかった！　あれは、ほんとうのところ「もう一本」が正直なかったのか、それとも食べ過ぎをおさえようとするミセスの心くばりだったのか。どちらだったのだろう。

ある先輩が「やたらに鎮西《ちんぜい》九州の風を吹かすな。東京にだって、うまい鰯がある。おいしい料理を食わせてやる。銀座だ。ついてこい」という。なるほど実にさまざまな鰯料理が次から次に出てくる。みごとみごと。しかし、勘定の段になって先輩、慌てた。「おい、おれの財布じゃ足らん。お前も半分もて」とおっしゃる。帰りの電車賃がかろうじて残ったっけ。銀座はこわい！

聖書の世界で

新約聖書には、ペトロ（昔はペテロと言った）をはじめ、ガリラヤ湖で漁業を営む人びとの姿がいく度も活写されている。ヘルモン山の雪解けの清冽な水と、連なる山々からの豊富なプランクトンをたたえたガリラヤ湖は、中央部がとても深く、水は豊富で、山の手線（東京環状線）と同じくらいの広さがあり、今も当時と同じように魚影が濃く、マイワシにも似ているように思えるピーターズ（ペトロの）・フィッシュがたくさん獲れる。おいしい魚で、貴重な食料資源である。

ガリラヤ湖畔の暁闇の中、復活の主イエスが浜辺に立っておられ、夜通し漁をしていた舟上のペトロに声をかけられ、獲れた魚を持っておいでと言われる。湖畔の石を組んで火が燃え、魚が香ばしく焼ける。どんなにおいしかったことか。鰯のような、いや、それよりおいしいピーターズ・フィッシュである。

そういえば、五〇〇〇人もの人びとに食物をお与えになったとき、主は二匹の魚（干物）とパンを細かく割き、感謝の祈りをなさってから（この順番は逆だっけ）、全員にお与えになった。パンの奇跡と言われるが、二匹の干物のお魚を忘れてはならない。

人びとは、主の愛の深さに心打たれ、私の個人的解釈によればいたく恥じ入り、各自腰につけている皮袋にしのばせていた携帯用食物をとりだし、周囲の皆して分けあって食べた。豊かな宴となった。食べ残しは一二のかごに満ちるほどだったと記されている。聖書の奇跡の話は、どれもその通り本当にあったことなのだ。数字には古代らしく多少の誇張があるだろうが。

鮪

近頃、日本の子どもの中にぜいたくな子もいて、好きなご馳走はビーフのステーキか鮪《まぐろ》の刺身と言う子がおり、恐れ入ってしまう。かつては玉子焼きかデパートのお子さまランチだったのに。

しかし、少数とはいえそんなぜいたくな日本の子でも、鮪の白い脂肪部、つまり「大とろ」は敬遠するようだ。実際、鮪は奈良時代や平安時代にはカツオよりずっと下位の魚で、江戸時代になってやっと認められるようになったもので、目が黒いのでメグロ→マグロと呼ばれるようになった由。明治を経て現代に至って現在の位置を占めるようになったものの、白身の「大とろ」はやっと最近珍重されるようになったばかりだと言われる。

鮪は、そのへんの海で素人が釣り糸を垂れて難なく釣りあげるような、なまなかの魚ではない。七種類ほどあるそうだが、なかでも最も高価なクロマグロは大きいものは体長三メートル、体重三五〇キロにもなる。いちばん小さいタイセイヨウマグロでも、体長一メートル、体重三〇キロ以上ある。

ブリやカツオと同じように、この魚は広い大洋をぐるりと廻って成長し産卵する。太平洋やインド洋、地中海はもちろん、大西洋でも、南北に何千キロもの長い楕円をえがいて回遊する（そう言えば、大西洋の大は点のない「オオキイ」。太平洋の太は点あり。誰が決めたのだろう）。

大西洋のアメリカ寄りを回遊しているのがタイセイヨウマグロ。クロマグロよりずっと小さいけれども、味はそう劣らぬ。

このタイセイヨウマグロの中に、はぐれ野郎もいて、アメリカ寄りではなく、東の方つまり欧州寄りに行ってしまうのがいて、イギリスとフランスの間のドーヴァー海峡に迷いこんでいく。そいつが北に転じて、イギリスつまりブリテン島と西のアイルランドの間の海に入ってきて、網にかかることが、ごくたまにあるそうな。

ダブリンで

アイルランド島の大部分を占めるアイルランド共和国は、緑の牧場が多い牧羊国で、人口約四〇〇万人ほどでしかないが、ノーベル文学賞受賞者が何人もいる、文化の香り高い国である。かつてはアメリカへの難民移民を多く出したから、北アメリカにいるアイリッシュの人口は約二〇〇〇万人。本国の人口より遥かに多い。Ｊ・Ｆ・ケネディーやクリントンなどの米国大統領もアイルランドからの移民の子孫である。たしかマッカーサー元帥もそうだったのではないだろうか。戦後は一時経済的に苦境にあったが、ＥＵの補助金のおかげでみごとに復興いや発展し、今やＥＵの優良児である。

首都ダブリンは、島の東端にあり、アイリッシュ海に面している。この海に、ある年、特大の鮪が迷いこんできて網にかかった。ダブリン市内、やや南の方のお魚屋さんに運びこまれたのだが、ピーターというお店の主人はいったいどうしていいかわからず、途方に暮れてしまった。ふと思いついて、よく魚を買いに来る、日本人の化学者でダブリン大学教授の潮田博士夫妻の家に電話をかけ、どうしたものだろうかと相談をした。

夫妻はそれが鮪だとわかると、そのころアイルランドに進出を始めていたＮＥＣを始めとする日本企業の全ての人、日本大使館の日本人館員等総計四七人に連絡して、ピーターのお店の鮪を買い取った。しかし一家庭当たり一キロ、多くて二キロがいいところだろう。全部はさばき切れない。夫妻はそこですぐ大きな筒型の冷凍庫を買い入れ、残り全部を買い取ってほぼ一キロごとに油紙に包んで冷凍した。その途中、ふと気がつくとお店の主人が、鮪の腹の白い部分を切り取って捨てようとしているではないか。

「Wait! 待てぇ」とおしとどめ、ゴミ箱に投げ込まれようとしていた脂肪のところ、つまり大とろを取りおさえ、「ここが一番上等でおいしいのだ」と教えた。それ以来、白身の大とろは、アイルランドでも珍味になったという。

冷凍庫いっぱい鮪があるぞ、という知らせを受けた私は、ちょうどその頃、ドイツに単身赴任していた。EU統合がまだ出来ていない頃で、ドイツのお魚屋さんはひどく貧相なものであった。「新鮮なお魚がたべたいなあ」とこぼしてばかりいたところへ、この知らせ。学生時代から家族ぐるみで親しい間柄、遠慮はない。すぐデュッセルドルフ空港からの直行便で文字通り飛んでいった。ただし当時、イギリスやアイルランドには長い大根がなかったので、ゴロンと二、三本をお土産にバッグに入れて。

潮田夫人は、鮪以外にも何種類かの新鮮なお魚を買い整えていてくださり、それから丸二日間、私は鮪のあらゆる部位と、いろいろな寿司やその他のご馳走を、文字通りおなかいっぱいいただいた。危うく食前の感謝の祈りを忘れそうになったりしながら。おいしかった！　若かったなあ。

ご一家はアイルランドにすっかり根をおろしておられ、私ども夫妻は先日また（何十回目に）ダブリンにお訪ねした。キッチンの筒型冷凍庫に今回はむろん鮪はなかったが、鮪の思い出話は尽きなかった。

うなぎとなまず

岐阜県の中央部を北から南へ流れる長良川《ながら》は鵜飼で知られるが、流れがはやく水が澄んでいてきれいだ。岐阜市の水道はこの川の水を汲み上げて使うのではなくて、川底のさらに深い地下から汲んでいるそうで、市営水道の水がおいしいところだ。

岐阜市から長良川を北へさかのぼっていくと、川沿いに関《せき》の町がある。鎌倉時代から刃物造りで有名なところで、「関の孫六」などが知られている。たぶん水流のぐあいで、川底から砂鉄がよくとれたのだろう。切れ味のいい包丁を求めに、この関の町に行ったことがある。

手頃な一本を見つけた帰りに、町の人にすすめられて古い鰻《うなぎ》料理のお店に入った。何げないお店の蒲焼《かばやき》はたいへん美味で、ほっくらと肉厚で弾力があり、しかも、重箱に盛ったご飯よりはみ出すぐらい大きい分量と濃い味には、人生観が丸くなるような気がした。焼き方は、関東のようにいったん蒸して脂を落とすのではなく、脂ののったまま焼いてあるのだが、不思議にギトギトはしていない。むしろふくよかな感じがする。関西風も関東風もどちらもいい、と思った。

それにしても、水辺に生える蒲《がま》という水草と鰻と、いったいどういうつながりがあるのか。たぶん蒲の丸くて細長い穂《ほ》と、串にさした鰻の形が似ているから来たのだろう。どじょう、はも等の串焼料理も蒲焼と言う。蒲（がま、かま）を「かば」と言うようになったものと思われる。

さて、岐阜は清流の鮎《あゆ》料理がおいしいところだが、ある時、市内の鰻料理のお店に招かれたことがある。関の町と同じく関西風の焼き方で、口の中に脂味がふっくら広がってとてもおいしく、分量もたっぷりあってうれしいものだったが、驚いたのはもう一品、真っ黒な、鰻よりずっと短いがやはり丸いお魚がゴロンと出てきたのだ。何だろう。よく見ると口もとから左右に二本ずつ長いひげがのびているではないか。鯰《なまず》だ。小さい目。下唇が上より長く先に伸びている。いや、驚いたな、特注の一品が鯰の丸茹《ゆで》とは。

恐るおそる箸をつけてみる。黒々とした背の皮にもすっと箸が通り、白身の魚肉は意外や意外、さっぱりした味なので、二度びっくりした。世の中、びっくりすることがよくあるものだ。

いやいや、この私が無知だったのだ。気づいてみれば日本各地に鯰料理がある。ただし、鰻の代わりにはならない。味が淡白過ぎる。

ヨーロッパのナマズ、ウナギ

うれしかったのは、オーストリアのドナウ河畔で鯰に出会ったことである。「美しく青きドナウ」とうたわれているが、水が澄んで「青い」とはとうてい言えない。むしろ濁って鉛色である。英語のブルー、ドイツ語でブラウという「青い」は、お酒に酔った状態をさすときにも用いる。ホイリゲと呼ばれるワインなどで「ブラウ・青く」なった酔眼には、ドナウの水も「青く」見えるのであろう。

このドナウ河には、いろいろな魚がすんでいて、河岸や水上観光船の「土地の料理」には、多種の魚があり、むろん鯰もある。内陸の国オーストリアやスイスなどは海から遠くて、新鮮な海の幸はなかなか手に入らない。せいぜい冷凍のタラ、サバ、サーモンといったところ。

しかし一般に、聖なる金曜日には肉を食べず、肉料理は避けて魚料理にしたい。水のきれいな南独の山中では、シューベルトの歌にある「カワマス」の塩茹やから揚げが絶品。とれたては塩茹、ちょっと日にちがたったものは油で揚げるわけ。そしてまた、クリスマスには各家庭で鯉の丸々塩茹をいただく。そのための横に細長い鍋も各家庭にある。そして鯰！　例のごとく大皿にゴロンところがった姿で出てくる。

魚料理に関しては、日本ほどセンスのいいところはない。ドナウ河には網でとる小魚のかき揚げもあるが、どたっとした感じで残念極まりない。しかし鯰は東西いずこも同じく、ゴロンと寝っころがった丸茄姿が共通していて、おもしろい。

鯰という字は、漢字ではなくて、日本で出来た「国字」だから、私はこれは日本だけの魚だと思っていたことがある。なになに、世界中にいるので、英語ではキャット・フィッシュという。猫のひげとの連想であろう。各地で養殖も盛ん。

諸外国には日本でのような蒲焼はないのが、さびしい。お醤油のタレをつくらないからだ。日本のショーユ、ソーヤ・ソースは世界中に広がって使われていても、タレをつけた串焼はない。

——そう言えば、ライン河や北海には鰻がたくさんおり、うなぎスープが有名だが、味はいまいち。鯰料理には東西の差異はない。でも鯰の地震予知は日本だけの伝説であろう。科学的根拠もあるのかな。

御飯

「御飯ですよ」

今も耳に残る母の声。なつかしい声だが、幼いころ、夕食前に夢中になっている遊びの最中に呼ばれると、つい「ちょっと待って」と叫び返したのも思い出す。

朝食や昼には、食事ですよと呼ばれた思い出がないのはどうしてか。恐らく朝食は簡単だったからだろうし、昼は幼稚園や学校にお弁当を持って出かけたからだろう。

「御飯」とは食事のことだが、私たちはふつうそういうとき、炊きたてのホッカホカの白いお米のご飯を思うのではないだろうか。

三千年前の縄文時代晩期の頃から、日本人は主に米食を常としてきた。それ以前はクリ、トチ、シイ、クルミなど堅い木の実を常食にしていた。海や川からは、貝をたくさん獲った。釣り道具が発達していなくても、貝なら拾えたから。

稲が渡来し、籾殻《もみがら》を取り去ったなかみの実が米という主食になって三千年が経った。米は小麦、トウモロコシと並んで人類の大事な食糧であり続けている。米にはデンプン質が多いのは無論だが、意外にもタンパク質も多い。かつて日本人に多かった脚気《かっけ》に対して、タンパク質をたくさん摂ることがよいとされ、明治時代に洋食がすすめられたとき、陸軍の軍医だった森鷗外は味噌、豆腐と合わせた米食が完全栄養だと断乎主張した。しかし現実には鷗外の主張は当たらなかった。（本書159頁参照）

米は玄米で食べるより、普通は精米する。するとヴィタミンを含んだ胚芽もすっかり取り去られてしまう。鷗外の時代には、まだヴィタミンという栄養素は知られていなかった。それで後世になって、鷗外森林太郎は日清・日露戦争で実に多くの陸軍の兵士を脚気で死なせた「戦犯」であると言われてしまった。麦食にした海軍は脚気がほとんど出なかったのだ。しかし海軍も麦食をすすめた高木兼寛という責任者が定年退官したあと、麦と米の精米を進めたため、脚気患者が激増した。ヴィタミン欠乏症である。

さて、私の幼い日々、すでに中国大陸での日中戦争は始まっていたが、ひどい食糧難は始まっていなかった。無謀な第二次世界大戦に突入すると、深刻な食糧不足となる。米麦などは食糧管理法によって、国の配給となり、そのルート以外は厳罰に処せられる。私たちもみな、お米粒がほんの少し浮いているだけで、芋類もなく、道端の雑草や出しがらのお茶の葉を入れた「雑炊」を食べて飢えをしのいだ。その状態は戦後三、四年も続いた。若い方々は想像も出来ないだろう。白いお米のご飯は夢でしか出会えぬものであった。

ある日、母が手づくりの不格好なリュックサックに一番上等な空襲焼け残りの和服を入れ、上野から汽車で遠くへ食糧つまりお米の買い出しに出かけた。しかし、夜遅くなって、蒼《あお》ざめた母は黙りこくって帰ってきた。リュックサックもない。「食管法違反」と怒鳴りつけられ、帰りの列車から他の似たような買い出しの人びとといっしょに引きずりおろされ、警官隊によって何もかも没収されてしまった、という。上等な和服一式と帯や足袋と引き換えに、やっと売ってもらったごく少量のお米と芋類は全部没収。すべてを取り上げられ、涙も出ずに帰ってきたのだ。

没収された米は、闇という犯罪品なのだが、いったい没収後はどこへ行ったのか。しばらくして母は心不全で倒れた。辛うじて一命はとりとめたが。国家権力とは恐ろしいものだと、骨身にこたえて知った。遅い。

戦時中は、男という男は赤紙（赤い郵便はがき）一枚で軍隊にとられ、中国やミャンマーなどの前線に送られ、補給のないまま何十万もただ飢えて死んでいった。そして私より二、三年年上の青年たちは特攻機に乗って戦地に飛んでいった。特攻戦術はナチ・ドイツも一時検討したけれども、生命無視に対するヒトラーの怒りによって取り止めになったものだった。

日本では怒って特攻を止めさせた人も、戦後責任を取った上官の話も聞かない。

――御飯の話だった。一〇年前、悪性リンパ腫瘍に対する手術と強い抗癌剤治療のため丸半年入院した。四期癌で、もう助かるまいと言われたが、み心ならば生かしてくださいと祈った。家族友人も祈り支えてくれた。夕食時、病院なのに炊きたてのように熱いご飯が配られてくる。それは巨大な白砂の山が襲いかかるように見えるのだった。食欲がまったく無くなっていた。しかし生きるためには食べなくてはならない。吐き気に抗して、ボロボロと大粒の涙をこぼしながら飲みこみ続けた。「これが御飯か」、悪夢だった。

だいぶたって、「残してもいいのですよ」と医師に言われて、フッとらくになり、少しずつ食べられるようになった。そしてついには癌に克った。

（ただ、残念ながら手足のしびれや腹部自律神経障害などの「抗癌剤後遺症」は変わらず激しく残っている）

Ⅲ　いのちを育てる

小さき者に仕えて

「この最も小さい者の一人にしたのは、わたしにしてくれたのである」
（マタイによる福音書25章40節）

ミャンマーは以前はビルマといい、インド、バングラデシュとタイとの間に挟まれた、東南アジアの国である。面積は日本の倍ほどだが、人口は日本の半分近く。国民の大部分が仏教徒。長くイギリスの植民地だったが、第二次大戦後独立。しかし厳しい軍政が続いてきており、最近ようやく少しずつ対外門戸が開いてきている。

この国に、過ぐる大戦末期の一九四四年秋、日本陸軍は三二万人もの兵力を投入し、南から西方インドとの国境に向けて進軍させた。しかし送られたその兵士たちは実に貧相な装備しかなく、武器弾薬と食料の補給はほとんど、あるいは全くなかった。滅茶苦茶な作戦だった。三二万人のうち三万人は国境のインパールで空しく戦死したが、そのほかに一六万人が、何と飢え死にをした。悲惨の極みだった。それでいて日本陸軍の上層部は、誰ひとり、この無謀な戦いの責任はむろんとらなかった。

それだけではない。その土地の人びとも、実はたいへんな被害を蒙ったことを私たちはあまり知らないでいる。私たちは過去の戦争については、自分たちの受けた被害についてはかなり記憶もし語りもするが、他国の多くの人びとに負わせた甚大な傷や被害については、悪意ではなく知らないせいもあって、思いをいたさぬことが多い。

ミャンマーについてもそうではないだろうか。竹山道雄の有名な『ビルマの竪琴《たてごと》』の主人公にしても、その行動は空しく死んでいって野ざらしになったままの日本兵の遺骨を拾い集めて供養することがテーマで、それはそれなりにとうとい仏道だが、土地の人びとのために進んで何かをしようという発想ではないであろう。

しかし、戦後の日本から実は何人ものボランティアが海外の無償の奉仕活動に出かけており、諸国への医療奉仕の人びともかなりの数にのぼっている。その多くの方々は黙々と働いているので、私たち一般が知らないだけである。貴いことなのだ。そのうちの小さな一例をお伝えしよう。

横須賀市内に、多くの市民に信頼されていた廣瀬誠（一九三〇―二〇〇五年）という小児科医がいた。廣瀬さんはある時偶然に一留学生からミャンマーに多い無医村の実情を聞いてショックを受けた。さっそく友人の医師たちと語り合ってチームを組み、忙しい身だから年末年始だけ自前の医療奉仕に出かけた。一九九二年から丸一三年間。外科、内科、眼科、小児科、歯科に歯科技工士も加わり、合わせて一〇人、昔ラングーンといった町ヤンゴンから北へ四〇〇キロ、想像を絶する悪路を走ること一五時間。イエジンという広大な無医村に入る。銃を構えた兵士たちに囲まれ監視されて、到着から撤収まで軍政府の許可は八時間。実際の診療時間は五時間だけ。

長蛇の列をつくる何百何千人もの村人を相手に懸命に診察、治療、投薬、健康相談を実施した。この企画を知った横浜ＹＭＣＡが、毎年数千本の歯ブラシを寄附してくれたので、「歯を磨きなさい。塩をつけるといいが、塩がなくても、何もつけなくてもいい」と言って配った。これには絶大な効果があった。

しかしたえず停電する地域なので電熱煮沸器が使えず、注射器は上下水いっしょくたの川の水で煮て消毒をしたり、悪戦苦闘だった。武装兵士の厳重な監視のもとながら、滞在は二日、三日へと延長が許可されて、あっという間に一三年が経った。そしてついには村人たちが乏しいお金を皆して集め、しっかりした村の診療所が建ち、日本大使館が軍政府にかけあってくれて、ヤンゴン大学から医師の定期派遣も決まった。

これであとの心配はない、全て大丈夫となって、毎年二週間のこの奉仕を終えることにした。二〇〇四年一二月三〇日の早朝、いつものようにテントの前の草原に一〇人一同輪になって立ち、最後の礼拝を捧げた。その日の当番に当たっていた廣瀬さんが聖書の「マタイによる福音書二五章」後半を朗読した。それはイエスの言葉だが、やや縮めるとこういうところである。

人が天に召されて永遠者の前に立つと、王なる主がこうおっしゃる。「私が飢えていたときに食べさせ、のどが渇いたときに飲ませ、旅をしているときに宿を貸し、裸のときに着せ、病気のときに見舞い、牢にいたときに訪ねてくれた」と。そう言って褒め、ねぎらってくださる。とんでもない、そんなことをしてさし上げた覚えはないと申し上げると、主は言われる。「はっきり言っておく。わたしの兄弟であるこの最も小さい者の一人にしたのは、わたしにしてくれたのである」。

廣瀬さんは聖書朗読を終えると、祈った。「小さい私たちが、この一三年間、最も小さい人びとに仕えることを許されて、感謝いたします。有難うございました」と。この祈りの言葉に、真の意味がある。つまり奉仕とは、上からの立場で人に何かをしいてやるのではなく、仕えさせていただくということ。そしてこの感謝こそ、本当の祈りである。

翌一二月三一日、例年より早く荷をまとめて帰路についたが、極悪の道を揺られている最中に、廣瀬さんは激痛を伴う穿孔《せんこう》による腹膜炎を起こし、翌日の二〇〇五年一月一日、ヤンゴン市内の病院で亡くなった。享年七五、遺体のお顔はおごそかなものであったという。最後の言葉は「患者が待っている」だった。

話はこれで終わりではない。もっと大きなことをお伝えしなければならない。

イエジン村の長《おさ》はメルビルという人であった。軍の命令で、自分の所有する土地を廣瀬さんたちの治療テントの場に提供したのは、実はいやいやであった。その人が最後には村の人たちの先頭に立って自分の土地を提供して診療所開設に奔走したのは、いったい何故だったのだろうか。

始めに日本人がやってくると聞いたとき、メルビルさんはただ嫌だったのではなく、恐ろしく、こわかった。ミャンマー軍の武装兵士たちの監視がなければ、医師団といえども自分の土地に足を踏み入れさせるつもりはなかった。日本人とは鬼か悪魔以上にこわくて憎かった。メルビルさんがまだ幼なかったころ、敗走中の悪鬼のような日本兵たちが家の戸をぶち破って押し入ってきて、僅かな食料を奪い取ろうとした。さえぎろうとした祖父母と両親は、幼いメルビルさんの眼の前で、銃を逆さに持った日本兵たちに、銃の台尻で殴り殺され、食料は奪われていった。餓狼のような日本兵は目をつり上げ、歯をむき出しにして、幼な子の眼の前で殴り殺した。メルビルさんは一日たりともその惨状を忘れることはできないできた。それなのに、何だってこの自分の土地に、この村に、今、恐ろしくて憎い日本人を迎えなくてはならないのか。どうしても納得がいかぬ。

しかし軍の命令だから、本当に止むなく従うしかなかった。ところが、まったくどうしたことか、日本人の医師たちは二週間も不眠不休で村人たちを診て、次から次へと病人を癒していくではないか。彼は涙しながらその姿を見つめ続け、実に一三年が経った。ついには診療所建設に自分の家の庭と財を提供した。日本人医師団にお仕えしようと思った。

そう、仕えるものは仕えられる。愛するものは愛される。愛は必ず大きくなって返ってくる。やがてミャンマーに、きっと明るい未来が来るであろう。

出会いと別れ

桜の花の早く咲き誇った春に、新しい幼児たちが幼稚園の門をくぐって入ってきた。人生で初めてお母さんのもとを離れ、新しい世界に歩み出す三歳児。つい三月の末に三歳になったばかりの小さい子もいる。さぞ緊張しているかと思いきや、かえってうんと小さい子たちの方が、すぐ歌ったり笑ったり、人の輪の中に入れたりする。大きい子の中に不安げな子がいる。でもベテラン先生のリードよろしく、すぐ園生活に慣れていく。

最初はお母さんにしがみついてべそをかいていた子も、あっという間にニコニコ。そして生まれて初めて会った知らぬ「よその子」と手をつなぎ、立ったりすわったり、手を打ち歌をうたいだす。さすがに互いに会話らしい会話をするところまではいかないけれども、こうして人との出会いの第一歩を踏み出した。そしてこれからの長い人生で、多くの新しい出会いを体験し、互いに刺激し合い、ともに育っていくのである。その第一歩。幼児は他人の目によく映ろうと自分を飾る演出はまずしないので、正直で人間らしい本音のふれあい、即ち「出会い」を始める。

人間は生来孤独な個体の生を営むものだが、生きて歩んでいく道で多くの人と出会う。また何人もの人がこちらへとやってきて出会ってくれる。それが魂の深みに達するかどうかは、天からの恵みとしか言いようがない。人生にはしかし必ずそのような機会が用意されており、それを自分のものにできる人は幸せである。素直な「人との出会い」を可能にする魂の柔軟さと純心さを、幼い魂に育ててやりたいものである。

人生はしかし、いつも新しい豊かな出会いに恵まれてばかりはおらぬ。別離・別れも人生には避けがたくやってくる。私たちは常に、いつも、最も大切なものと別れていくのである。とくに3・11のような悲痛な、思いもかけぬ別れを体験した方々は何とたくさんおられることか。

一見平穏無事に日々を過ごしているように見えても、私たちはたえず親しい者や友人との別れの一歩手前にいる。幼いときや若いときはまさかにそんなことは思いもよらなかった。しかし人生はたえず別れにさらされている。それが現実のものとなっても、残念ながらその真実の意味に気づかぬことが多い。

別れは、人生の最も美しく貴いものをその瞬間に電光に照らし出すように示しておいて、まさにその瞬間に最も美しいそれというか間柄を無残にプツンと断ち切ってしまって、二度ともう還ってはこない。私たちは常日頃は心が忙しくて、そんなことを真剣に考えないで済んでいる。あるいは考えないようにしている。

聖書の中のルカによる福音書に、重い皮膚病の病気に罹って世に嫌われ、世間から捨てられていた一〇人の男が、イエスに治していただいた記事があることをご存じだろう。早春のころ、エルサレムに向かって、サマリアとガリラヤ地方の境界にあたる谷合いの道を歩いておられたイエスに懸命にお願いをして、男たちは病気を治していただいた。そして言われるままに、社会復帰の認証を受けるために、それぞれ出身地方の祭司のもとに急ぐ。

ところがその中のひとり、いつもはうとまれさげすまされている少数民族サマリアの男は、山道の途中で自分のからだがすっかり清くなり治っていることに改めて気づき、祭司よりも誰よりも、まず治してくださったあの方にすぐ報告してお礼を申し上げようと考え、まわれ右をしてイエスとその一行のあとを追って走り出す。長患いのあと、体力はおちており、息が切れる。しかし必死に追った。

そしてついに追いつき、ひれ伏してお礼を申し上げた。息を切らして。すると「清められた（治された）者は、一〇人ではなかったか」と、実にさびしい顔をしたイエスは、しかしたったひとりのこの異邦人と呼ばれ差別されているサマリアの男の行動を心からよろこび、「立って行け。おまえの信仰がおまえを救った」と言われる。

孤独な主の相貌に、今一筋の明るい微笑を、——地上で最後の慰めをこの男はお贈りした。このとき彼は主と出会い、心身と魂も癒されたのであった。

あとの九人もひょっとするといずれ社会復帰を果たしてからお礼に行こうと思っていたのかもしれない。しかし遅すぎた。あのときから一週間後には十字架がイエスを待っていた。

人生は悪意でなくても、多くの場合に遅すぎる。

しかし、私たちはあのサマリアの男のようでありたい、間に合ううちに。

感謝して、率直にお礼を申し上げる常々の心と、それをすぐ行動に移すことのできる力とを失わないようにして、あの微笑のまなざしに「出会う」ことができるように。

手紙

　間もなく幼稚園を卒園して小学生になるA子ちゃんという女の子から、白い角封筒入りの手紙がきた。画用紙いっぱいに遊ぶ子どもたちの絵が描いてあって、その上部いっぱいに、

「えんちょ　せんせ
いつもあくしゅしてくれて
ありがとう
また　かくね」

と横書き四行。字が段々右下がりに小さくなっているが、しっかりしたものだ。文字はまだ教えていないのに、今の子はみんな字が読め、多くが書ける。封筒の表書きはお母さんの字。

　手紙を書こうという気持ちがうれしい。情報の伝達交換は電話、ファックス、そして何よりも電子メールで素早くできる。日本中の人が終日スマホを覗きこんでいる現代だ。しかし、こういう時代だからこそ、よけいに手書きの手紙がとうとく、うれし

い。用件の伝達だけでない、心の肉声が聞こえてくるような感じがする。字の上手下手は、問題ではない。

Ａ子ちゃんにさっそく返事を書いた。はやく、すぐ書かないと、こういうたよりにはリスポンスをたちまち忘れてしまうではないか。私は実はメールをやらぬ、やれない末期化石人間で、雑誌の編集部にも悪筆の手書き原稿をお送りして、ご苦労をかけている。これが大学生や出版社相手なら、家人に口述してバンバンとメールを打ってもらえばよろしいが、かわいい女の子にはチャンと手書きで返事をしなくてはならぬ。

でも手紙を書くのは、スマホより大変（！）。どなたもそうだろう。何を書いてもいい相手なら気楽に書けるが、そうでない宛先には、まず用箋の天地、左右、字の大きさ、インクの濃さ、ペンに加える力の加減などをすばやく勘案し、文そのものについてよく考える。そうやって何通も手書きをしていると、右手の親指の根もとの筋肉か筋が痛くなってくる。ピアニストがよく罹る腱鞘炎《けんしょうえん》。

昔の、例えば漱石のように筆で巻紙にさらさらと書ければ、右手首は痛まないですむが、今の私などにそんな上品な業は望むべくもない。ひたすらペン先を用紙におしつけるばかり。

こんなふうに、何もすぐ手紙への返事やお礼を書かなくてもいいだろう、と心の中でささやく思いもある。うん、そうだよ、と自答しかかると、とたんにすぐ聞こえてくる声がする。ドイツ語で「今すぐ。そうでないと永久に駄目」（ゾフォルト　オーダー　ニー）、英語に訳すとNow or never.。学生時代から哲学や文学について教えていただいたロベルト・シンツィンガーというドイツ人の先生の、バリトンの声である。英語でも意は十分伝わるが、ことに手紙については、先生のおっしゃるとおりだ。

外国語で手紙を書く、返事をする。それには若いときと違って、今はエイッとおなかに力を入れないと、なかなか書き始めなくなってしまった。でも、すぐ書く、ということさえすれば全てはスムーズに運ぶんだなあ。直ちにペンをとれば、やけたお餅がしばらくすると、コチコチに固まってしまうようなことはないのに。むろん、熟考しなくてはならぬようなこともある。何も書かない、という返事の仕方もありうる。でも書くなら、今、すぐ、だろう。

葉書

手紙の歴史は古く長い。古代エジプトの時代からあったし、東洋では唐の時代に手紙・書簡が立派に発達していた。日本でも漢字が伝わってくると、さっそく書簡がかわされるようになった。江戸時代には飛脚が走っており、明治になると郵便制度が導入され、それまではなかった葉書という簡便なものが使われるようになった。封筒に入れないで気軽に送れる。まあ誰が見てもかまわないというもの。今は利用度がずいぶんと減ったが、まだ「年賀はがき」などというものがある。

さて、私の学生時代には上記のシンツィンガー先生のほかにもたくさん、すごい先生がおられたが、そのうちのおひとり、Tという教授は、学問への集中度が高いと同時に、なかなか気難しい方であった。ある日研究室で、独りで何かひどく憤然としておられる。

ある学生が封書の手紙でなく、葉書で何かを頼んできた。無礼である、と、関係のない私が怒られた。「はがきというものは、つっかけ下駄をひっかけて、庭先から他人の家に入ってくるようなものです」というお怒り。ことによりけりだが、おっしゃるとおりだろう。私は小さくなってお怒りの嵐を受けていた。

のちに、留学先から余りにも美しい本場アルプスの絵はがきを、東京のT先生にお出ししてしまった。

二週間ほどして、江戸の版画の絵はがきでお返事をくださった。首をすくめるような思いで、でもうれしく、古い日本の風景の画を見つめた。

いましめる

エリーザベト・シュヴァルツコップの特訓

エリーザベト・シュヴァルツコップという優れたソプラノ歌手がいた（一九一五―二〇〇六年）。ポーランド生まれ、ドイツを主に、オペラやリートなど幅広く活躍した人で、特にリヒャルト・シュトラウスの歌劇『ばらの騎士』（ローゼン・カヴァリア）で世界的に圧倒的な名声を博した。現役引退後はスイスで無報酬で若い後進の教育に当たっていた。日本からも彼女に育てられた人が何人もある。

ある年の夏、草津で開かれている声楽の上級教室（マスター・コース）のその夏の講師として、ＮＨＫが彼女を招いたことがある。若手とはいえ、すでに各地の音大や学校で教えている人たち十数人が、多数の応募者の中から選ばれ、十日間をともにして基礎から徹底的な特訓を受ける。それは厳しいものだった。全員の見ている前で姿勢を正され、口の中に手を入れて舌をつかんでまでして発声をなおされる。そうしておいて歌の実習に進んでいく。ＮＨＫが特別番組として収録するので、通訳兼対談者として私が呼ばれて出かけていった。

コースの最終日。たくさんの人が集まっている講堂の壇上に、受講生一人一人が上がって一曲を披露する。講師の先生（シュヴァルツコップ）はそれぞれの曲の歌い方について、こまかくしかしあたたかい注意を与え終わると、最後に、「音楽ってすばらしいでしょう。音楽を、あなたの生活のホビーになさいね」。舞台中央に立って歌い終わった特訓生に、ひとりひとり名を呼んで歩み寄り、十日間の特訓の終わりの評価をこう言い渡す。

「ホビー」って、余暇の楽しみということであろう？　聞いていて私は茫然とした。何とむごい。――でも言われた人たちはとてもうれしそうに「ダンケ　ダンケ（サンキュー）」と笑いのこぼれんばかりの顔で礼を言い、握手をして壇をおりていく。

「音楽の厳しい道を生涯かけて進んでいくのは無理です。ホビーになさい」。何と厳しい宣告であろう。ホビーではなくて、「音楽の厳しい道を、一生かけて歩みぬいていらっしゃい（あなたにはそれが出来る）」と言われたのは、二人だけだった。シュヴァルツコップは、厳正な真実のいましめを後進に、しっかり伝えていた。それは先達としての使命感なのであろう。まことに「先達はあらまほしきものなり」（徒然草）である。

あるゲネプロ

カラヤンと並んで、いやカラヤンの鋭い眼光の強烈さとは全く違って、やさしい温厚な人柄そのままのカール・ベームという指揮者が、オーストリアにいた（一八九四―一九八一年）。カラヤンとともに世界中にファンが多かった。

だいぶ前のことになるが、ベームがウィーン・フィルを率いて来日公演した何回かのある回のこと。メンバー全員が帝国ホテルに泊まり、リハーサルには近くの帝劇を使っていた。いよいよ本公演の前日の、最終リハーサルつまりゲネプロの場に、私はあるいいツテがあって、こっそりもぐりこむことができた。モーツァルトの『魔笛』とあっては、のがすわけにはいかない。広いホールは誰も人はおらず、照明もなくて暗い。隅の方にそっと坐った。もうかなり進んでいる。舞台上には何となくなごやかな雰囲気が流れ、世界各地から招かれた有名な歌手たちがたのしげに歌い、優雅な身振りを見せている。

そのとき、雷のような大音声が全ホールに響いた。指揮者のベーム。

「エーリカ。エーリカ・ケート！　お前は今、何をしている？　歌っていないじゃないか。いったい何だ」

当代世界有数の名歌手を「お前」と呼び捨てにして叱りつけた。エーリカ・ケートは雷に撃たれたかのように立ちつくしている。と、それに続いてその場に揃った著名な歌手たちひとりひとりの名を呼び、「お前も」と怒鳴りつける。「お前も歌っていない」。「お前もだ！」。指揮棒がどこかへ飛んだ。

「よっく、聴け。
モーツァルトの
生命をこめた
ドイツ語の歌を
全身全霊で、歌うのだ。
それを　お前らは　何だと思っているのだ。やり直し。
『魔笛』全曲、始めから、やり直しだ。やれ」
「あ、あなたは」と、急に言葉が丁寧になって呼びかけたのは、せりあがる舞台の後部にそっと立っている、長身黒衣の人で、「あなたは、ディートリヒ・フィッシャー・ディースカウ、あなたはよかった。その椅子にかけて待っていらっしゃい」。オケも含めて全楽団は、泣きじゃくらんばかりの表情で、全曲を冒頭からやり直した。夜も更けるだろうが、それは問題ではない（それに、指揮者のベームは、所々、とばして進めていったようだ）。

全曲やり直しを終えて、指揮台から降りたカール・ベームは、やさしくて柔和で温和でお茶目な「ウィーンっ子」に戻っていて、とてもとても鬼のような怒りを爆発させた人とは思えなかった。

モーツァルト

カール・ベームのモーツァルトに続いて、モーツァルトの生まれた町、育った家族、そして音楽への芽生えについて少しお伝えしよう。

人の魂は、幼い日々にそのもとの形が刻まれると思う。その後、人生の旅路で多くの鍛錬を受け、飛躍も、自己発見もあるだろう。でも人生とは、幼い日に与えられた魂の原型を、さらに大きく、深く彫り下げ進めていくものではないだろうか。私は幼稚園の天真爛漫な子どもたちを見ていてその思いに打たれることが多くあり、とくにモーツァルトの生涯とその作品はそのことをよく示していると思えてならない。

それは運命がすでに幼い日に決まっている、ということではなくて、魂というか、人の本質が幼い日にしっかりと与えられるということだと思う。

幼い日からのモーツァルトは、ヨーロッパ中をよくも隈なくと思えるほどに旅して、あの十八世紀全ヨーロッパ、とくに音楽の母国イタリアの音楽を驚くほど広く深く学びとり、自分をつくり上げていった。短いあいだに自然なあり方でしかし非常に集中した力で、その摂取と自己形成をあっという短い時間でやってのけることができた。

それが天才というものであろう。驚くべきことであった。集中した時間に、努力をなしとげたということ、それが彼モーツァルトの天才であった。

でも、なのだ。彼の一生のあの多くの音楽は、人生という一生の大きな道程を飛躍し、発展しつつ大きく完結していったのだが、そしてその完結度は驚くべきものであったけれども、その一生の完結した作品の世界は、実は彼の幼い日の無邪気な笑いと清らかな悲傷の涙を、原型として失うことがなかった。その幼い日とは、生まれ育まれた父母の家と、他に類もない晴朗な生地ザルツブルクの町そのものであった、と思う。「晴朗」とは清らかに澄んで、そして朗らかであることと言えよう。ザルツブルクの町とその上に澄み渡る紺青の空のように。

いきなり、こんなふうなザルツブルクの讃歌を申しのべて、びっくりなされるだろうが、少なくとも私個人は、こういう地上の町と環境を人間が造り出し得たことを、人類の一員として誇らかに思うのだ。

ウィーンから西へ三〇〇キロ。ドイツとの国境のオーストリアの町。かつてモーツァルトのころは、大司教が君主をつとめた一種独立の宗教王国であった。厳正な行政が行われており、モーツァルトの父は大司教宮廷に仕えるヴァイオリニストだった。豊かではないが安定した音楽一家であった。父レーオポルトは、自らもいくつもの作曲をし、ヴァイオリン教程の書を出したほどの人だが、むすこのまごうかたなき天才を知るや、一生をかけてこの天才の教育と発展に全力を尽くした。

ザルツブルクとは、「塩の町（砦）」ということなのだが、ここは地底深くに岩塩の鉱脈を走らせ、今も採坑が行われている。硬い岩盤の上にドイツ的な清潔さと堅牢さが、家々の窓枠や丸屋根などのイタリア風の明るさと調和し結合して、北方的なものと南方的なものがみごとに融和している。都会の粋《いき》と中世以来の高い宮廷音楽の伝統が農村的な数多くの民謡ともとけ合っている。三方を緑の山に囲まれ、その背後にアルプスの白銀の嶺々が連なる。大空は、澄み切った「晴朗」そのもの。これがザルツブルクだ。

このザルツブルクに、ヴォルフガング・アマデーウス・モーツァルト（一七五六—一七九一年）は生まれ、青年期までを過ごした。アマデーウスとは、アマ（愛）デーウス（神）という意味で、彼らしい名である。

幼いヴォルフガング坊やの音楽への目ざめは早いものであった。三歳のときには、お姉さんのナンナールが、ピアノの前身クラヴィーアに向かって、お父さんがつくって与えた練習帳でおさらいをしているのをうらやましげに見つめ、姉が席を立つと、そのあいだに爪先立って、かわいい小さな指を鍵盤にのせて出る音にうっとりたのしんで耳をかたむけている。父レーオポルトはそれを見て、四歳のときには彼にもクラヴィーアを弾く許可を与えた。めきめきと上達していく。作曲も教えた。そのひとつが、ケッヒェル（が全作品につけた）番号1Cの可愛い曲で、姉の練習帳に坊やの作曲であると父が一筆している。

モーツァルトの晩年の傑作『魔笛』のアリア二〇番、パパゲーノの歌のメロディーは、実はこの1Cの曲なのである。彼は幼い日にあの曲をふと書き流したのではなく、すべての曲同様、彼の魂の中にこのしらべは正確に一生ずっと鳴っていたのだ。忘れはしない！　驚くべきことである。

つまり彼は生涯の終わりのしらべを生涯最初のメロディーと結びつけ、一つの環にし上げた。彼は人生をそのように一つの環に完結した。やりっぱなしではなかった。何と意味深い人生であったことだろう。

リルケの『秋』

ボヘミアの都、今のプラハのドイツ人地区に生まれ育ったリルケは、自然に湧き出る魂の音楽を、なめらかに、あこがれに満ちた言葉（ドイツ語）で実にたくさんの詩にうたった。次から次から、こんこんと詩魂の泉は湧き出てやむことがなかった。時代は十九世紀終わりから、二十世紀前半（一八七五―一九二六年歿）。

美しい音楽性と透明な形象性をいつまでも失うことはなかったが、若い詩人は、果たしてこれでいいのだろうかと、深く自省する。なめらかに言葉がいくらでも出てくる。そのままがみごとな詩になってしまっている。しかし、言語をもって、この世界の中に確固たる存在を造型している、とは言えないのではないか。深くそう考えた若き詩人は、パリの巨匠ロダンのもとに単身、弟子入りの覚悟で出かけていく。ロダンこそは、芸術によって「ほろびないもの」を造っている人なのだから。

東ドイツから夜行列車で、リルケは八月の末、パリに着く。秋空は高く、もう街路樹のプラタナスの、人の手のように大きい葉が全身をゆすりながら、とても高い空からハラハラと舞い散り始めていた。

ロダンは異国の青年詩人を、彫造の弟子でなく、高級秘書として雇用し、日々彫刻制作の実相を見せてくれた。パリに来たのは正解だった。パリに、ロダンが存在している。まるでゴシックのノートルダム大聖堂そのままのような、中世と現代とを総合し、地上の感性と天の感性を合わせうたうかのようなロダンが存在している。仕事をしている。ロダンは自作の彫刻である『手』を若いドイツ詩人に見せ、芸術はインスピレーションではなく、日々の「仕事」（トラヴァイエ）から生まれることを教える。パリはそしてリルケをはじめてほんとうの孤独に向かい合わせる。孤独のきわみを歩みつつ、それに耐えて仕事をする勇気をロダンの存在が教えてくれた。リルケはもはや情感の詩人ではなく、造型を手仕事のように励む忍耐の経験を学ぶ。

ただしリルケは、孤独を大切に生き抜きつつ、憧憬の心を決してちりあくたのように捨て去ることをせず、日常の時間が永遠なものと交わす憧憬を敬虔に育てながら、次第に主観的なロマン主義から、より高く、強靭《きょうじん》な現代詩人に成長していく。そして現代においてまったく不可能になってしまった人と人とを心においてつなぐものを、存在のたしかさを、絶対の孤独の底でなお至高なる「一者」（お一人の方）に「おまかせ」をする魂のたしかさとつよさを、言葉で刻んでいく。青年リルケのそういった成長の過程の一転期を私たちはパリで見る。こののち、彼は諸国を経めぐり歩きながら詩作を続ける。国籍はオーストリアのまま、スイス山中で亡くなった。

余り先をいそがないようにしよう。パリに出てきてちょうどひと月めの日に、ほとばしるように、すき透った水沫とも言える秋の詩が生まれた。落葉をテーマにした「秋」と「秋の日」である。

秋

木の葉が散る　遠くから落ちてくるように
天で遥かな庭園が枯れていくかのように
否《いな》む身ぶりで　木の葉が散る

そして夜には重い地球が落ちる
すべての星から離れ　孤独の中へ

私達すべてが落ちる　この手が落ちる
そして他の人を見よ　すべてに落下がある

そのとおりなのだが、ひとりの「方《かた》」がいらして

この落下を限りなくやさしく　しかと両の手で受けとめる

　そのとおりではあるのだけれども、と詩人は余裕をもって、おしかえす。ひとりの「方《かた》」がいらっしゃる。かつて古代人が一者とも言った主なる神さまのことで、神さまと言わないで一人の方《かた》、とはいかにも古風な言いまわしである。でも、安易に神さまと言わないところに、詩人の控え目なはじらいがうかがわれる。そして「この方が支えてくださる」とは進めず、「一人の方がいらっしゃる」と大きく断定しておいて、「そしてこの方が」と進めていく。この息・間《ま》の置き方、みごとである。——この方が、しかと「両の手で受けとめる」。

　実はこの最後の「受けとめる」の終わり「ヘルト」はローマ字で記すとtなので、ピシーッと終わる。母音を伴わない子音のtだけであるから、ハッシと受けとめてつかみ、はなさない、ということなのだが、言語がちがうと、どうしてもこういったニュアンスが伝えられない。

　この詩に続いて、三日ほどあとで、もうひとつ「秋の日」という、これまた美しい詩が生まれている。「主よ　秋《とき》が来ました　夏はとても壮大でした　あなたの陰《かげ》を日時計の上に置き　野面《のづら》に風を吹きはなってください」と始まる詩。いつの日にか、この詩もお読みになるといいな、と思う。

アルプスの少女『ハイジ』

アルプスの少女『ハイジ』の物語を、私は幼少年時代に何度も何度も胸を躍らせて読んだ。美しく崇高なスイス・アルプスの空気とそこに生きる明るい少女の姿が、いつまでも幼少のころの私をとらえてはなさなかった。それは、児童文学の作品というより、白銀の嶺々と緑の牧場につらなるスイスの山の香りが、第二次大戦の中に愚かにもなだれこんでいく日本の暗澹たる世相の中で、心から息づくことを許す大気そのものだった。戦後に生をうけた多くの人びともきっとそうだろう。そしてそれは日本だけのことではなく、世界の多くの国の人びともそのような思い出を大事にしているだろう。

さて、その『ハイジ』の生まれた世界を、感傷的な評伝ではなく、正確な史実に基づいて叙述する一書が出版されたので、さっそく手に取って読んだ。甘いテレビ・アニメのいい加減なお話ではあるまいが、わが幼き日の夢と感動を再びよみがえらせてくれるだろうかと思ったのである。森田安一著『ハイジの世界』(教文館)。

読み進めるうちに、深い驚きにとらえられた。大きな柱のようなものが、少なくとも四本ほど、迫ってきた。その第一は、『ハイジ』の原著作者ヨハンナ・シュピーリが世に出て、生き、書くに至った家系と社会を、ほぼ一世紀にわたり精密、冷静に、まるで大きな網を一杯にひろげ、一本一本の糸を残さず数え上げ、語り尽くしていることだ。祖父母の代、両親の代、そして彼女自身とその身の周り。およそ言葉の修飾をいっさいこそぎ落として、時代と人を語っているのは、史学者の手練《てだれ》にほかならぬ。いわゆる文学的感動より先に、歴史の事実がさし出されてくる。

第二の柱は、十八、十九世紀に生きていたプロテスタントの敬虔主義（ピエティスムス）という、極めて純粋な信仰集団、そのあり方である。詩人ゲーテも青年時代にその静かな信仰のあり方に深く影響を受けたことはよく知られているが、このように『ハイジ』を生み出した人びとの実生活に、ピエティスムスというものが深い水脈となって流れていようとは、驚き以外の何ものでもない。ヨーロッパのキリスト教や中世以来の教会については、よく知られているだろうが、具体的に静かな信仰に生きた人びとの明るい謙虚さを知るのは、実に得難い経験である。

そしてそれ以上に驚くのは、スイスという国の歴史の実態である。スイスは、永世中立の平和そのものの国であると、誰しもが思うだろう。しかし、十八、十九世紀のスイスの経た戦乱、戦争、混乱の数々の多さ、すさまじさには、人は誰しも身の震える思いをするに違いない。そしてその実相は突如現われたのではなく、宗教改革つまりカルヴァンの時代からすでにあらわだったのであり、長い苦闘と悲しみの末にスイスは現在の永世中立をかち取り守っているのだ。愚かな人間の社会が、力を尽くしてこれほどの途を歩めたのかと、誰しもが胸を打たれる。賢い立派な人びとが、自然にアルプスの谷間に生きていたわけではない。

本書から受ける第四の驚きは、作品『ハイジ』が、単なる明るい少女物語ではない、いや、そこには罪の問題を含めて、聖書全体が語りかけ迫ってくる人間存在の根源的な問いかけがあるということだ。少年少女向けの児童文学として翻訳され愛読され、いつまでも忘れずに語りつがれ、読みつがれている日本版『ハイジ』は、一番大事な芯のところを抜き去り、塗り消してしまった残滓《ざんし》なのであった。これが日本だ。本書はそのことを淡々と、しかし誠実に語っている。

本書から受ける驚きはまだ幾つもあるが、どうしてもここに取り上げたいのは、原著者ヨハンナ・シュピーリという人の生活と魂のありようの謙虚さである。彼女は、一、二篇の少年少女小説を書きのこしたのではない。また、作家たらんとする野心で多くの作品を書いたのでもない。そうではなくて、社会の貧困や病苦に立ち向かうディアコニッセ（プロテスタントの修道女）を助けようとして筆をとったと知らされるのである。人はかくも苦悩しつつ善でありうるのか。

グリムを訪ねた侍たち

江戸幕府による史上初めてのヨーロッパ使節団

少し時代をさかのぼり、明治維新の六年前（文久二年）に政府、つまり江戸幕府が史上初めてヨーロッパに送った使節団のことをお伝えしよう。むろんそれよりずっと前の天正遣欧使節（一五八二年）や、一六一三年に伊達政宗の命によりローマに行った支倉《はせくら》常長がいたが、政府による外交ではなかった。一八六二年、総勢三八名の初の公式使節団は列強六ヶ国との外交交渉のために実に丸一年の旅に出た。

当時、国内は尊皇攘夷の排外運動が猛威を奮い、テロ続発。物価高騰、海外の列強からは開港を増やせという圧力が大変に強かった。そんな中、よくも出かけたものである。一〇年後の岩倉使節団についてはよく知られているが、第一回使節団については余り知られていない。

それは、一年かけて交渉を成功させて帰国したとき、日本国内の政情が大混乱で、外国帰りは生命の危険があったので、貴重な報告と記録は江戸城の奥深くにしまいこまれるか、紛失してしまって行方知れずとなり、「情報に弱い」日本らしいことになってしまった。情報公開、情報利用が実に下手な国民性である。残念ながら。

プロイセン・ドイツへ

さて、福沢諭吉も御傭《やとい》通詞として加えられた一行は、開港延期談判と、西洋文明全般の調査に出かける。往きはイギリスの、帰りはフランスの軍艦に乗せてもらった。米、味噌、醬油、漬物、行灯《あんどん》など厖大な荷物持参であったが、行く先々で大変にご馳走になり、荷は少しも減らず、帰りにはこれらを海中に放棄処分した。

行く先の列強とは、仏、英、和蘭《オランダ》、プロイセン・ドイツ、ロシア、ポルトガルの六ヶ国で、とくにプロイセン・ドイツ訪問は、双方にとって非常に印象的であった。

一行はオランダでの日程を了え、ライン河沿いに列車でドイツに入り、デュッセルドルフで少し休憩、夕方ケルン着、一泊。ケルンの誇るドイツ最大のゴシック様式の大聖堂の上階に登った。一行はキリスト教について全く知らなかったのだが、完成に六〇〇年を要し、その時はまだ塔の尖端が未完成であったが、この壮大な教会に深い感銘を受け、「世界を造った主［君］の宮殿（宮居《みやい》）である」と理解したのは、全くの誤解ではない。いや、世界の創造主、と考えたところが感心である。

彼らは高いギャレリーから下を見おろし、大聖堂前の広場を埋めつくした大群衆の歓声に応えて、「平たい漆塗りの帽子と扇子《せんす》を振って、にこやかに答礼をした」（ケルンの新聞)。

暮れどき、下におりてくると群集の中に入り、若いドイツ娘たちに矢立《やた》ての筆で和紙に日本の住所を書いてやったりしていた、というのだから、なかなかやるではないか。

翌日、列車でベルリンへ。プロイセン国王の謁見から始まり、また、ベルリン市内見学をする。兵器工場、生産工場、病院、学校、大学、道路、水道などのほか、刑務所までも丁寧に見て廻る。福沢諭吉の『福沢日記』にかなり詳しく書き記されていて、たいへん面白いものだ。

明治維新とともに急速な近代化を始めた日本は、憲法、法律、軍事、医学、哲学、音楽などの諸領域で、圧倒的に多くをドイツから学んだが、そのきっかけはこの時に始まった。

グリムとのおかしな出会い

さて、公式行事が続いたある日、一行のうちの三人が、何とあの比較言語学、法学、そして、グリム童話を集めた碩学ヤーコプ・グリムをその自宅に訪問しているのには驚く。福沢諭吉はその三人に入っていないようだ。病弱だった弟のヴィルヘルム・グリムは亡くなっていたが、ヴィルヘルムの奥さんと長男、そして「兄弟」の兄のヤーコプが「日本の外交官をたのしく迎え」て談笑したとグリム家の記録にある。外交官と聞いて、当然のようにフランス語で迎えたけれど、全然通じない。英語も余りうまくない。言語学者ヤーコプ・グリムはふと思いついてオランダ語を使ってみたら、これは実にスムーズに会話が成り立った。

いったいどんな話をしたのか。その記録はない。ただ、「とてもたのしかった」とグリム家の側の記録にあるだけ。日本側は正使たちが政府間交渉に出かけていて、残った若い三人が腰に二刀を帯び、ちょんまげ頭に塗り笠をのせ、草履か草鞋《わらじ》でベルリンの大通りを歩いていったのだ。日本側の記録は何も無いのが残念極まりない。

ベルリン在住の六草いちかという人が森鷗外の恋人の実像に迫る研究をしているが、この人の調査によると、実は使節団のうち三人がグリム軍医という人を訪ねるつもりのところ、同じ通りの向かい合わせのグリム兄弟の家に間違えて(!)入ってしまい、暖かく迎え入れられてしまった由。侍たちは童話集のことはまだ全く知らなかったのだが、いったい何を「たのしく」語り合ったのであろう。コーヒーにケーキか、あるいはワインでもご馳走になったのだろうか。

森鷗外のこと

生まれ故郷に帰らず

森鷗外（林太郎）の本職は軍医なのだが、かたわら、夏目漱石とともに明治を代表する文豪であったことは周知のとおり。

その彼が死に臨んで遺言し、自分はいっさいの公的、国家的栄誉礼を受けず、ただ石見《いわみ》の国の人、森林太郎として死すと厳命して世を去った。

それでいながら、彼は生涯ただの一度も生まれ故郷である石見の津和野に戻り、訪れることはなかった。不思議である。

町長、県知事たちも礼を尽くして、一度は故郷に帰ってくれ、と懇願し続けたのに、彼は一度もあの水清い津和野の町には帰っていかなかった。理由はわからない。預言者は故郷に容れられないと言われるが（聖書）、彼の場合、そのおそれはなかった。

ひょっとすると、小さいとき維新の大変動のなかで貧しくて、父母ともどもに苦労したことを思い出したくなかったのかもしれない。彼自身何も語っていないので、わからない。

浦上崩れ

でも彼の心の奥の隅には、触れたくない故郷の深い傷跡があったのではないか。それはこういうことである。「浦上崩れ」という四回ものキリシタン事件があった。「崩れ」というのは検挙事件のことを言う。

九州長崎の浦上では、江戸時代のキリスト教弾圧のもと、幾重にも張りめぐらした秘密警察の手によって、もうキリシタンは絶滅したとされていた浦上地方で、一七九〇年から四回にわたって、大規模な検挙活動があり、とくに一八六七年（慶応三年）にはいわゆる「四番崩れ」が発覚。始めは代表的男衆六八人を逮捕、さらに女子どもたちまで村民全員三三八四人を、全国に分けて流刑に処した。

うち数百人が、なんと小さな津和野に流され、丘の中腹にある禅寺に押しこめられ、人数減らしのためもあって、池の氷を割って逆さにつるし、「転び」（棄教）を強制して、かなりの人を死にいたらしめた。その虐殺のあった丘の上の峠には今は聖マリア記念像があるが、虐殺された人びとの生命は帰ってこない。

さてその間、明治政府もキリシタン禁制を続けた。皇居での御前会議で流刑が改めて確認された。一八七一年（明治四年）に文明開化を唱えて欧米を廻った岩倉使節団は、各国で信教弾圧の非を言われて閉口し、一八七三年に帰国すると、政府にキリシタン禁制を止めるように上申する。政府は各地の禁制高札を取り下げる。目的を果たしたからである、というのであった。日本の政府、役人は、深刻な問題については、国民に対してはけっして自分が誤っていたと詫びることがない。

「高札」というのは、梅の木かヒノキの大きな板に墨黒々と記した禁令を各地に掲げ、権威づけるために石垣や土嚢で根元を囲ってあったそうだ。

――さて、生き残った浦上の村民たちはついに長崎に帰国をゆるされる。しかし戻った浦上の村は、家々が目ぼしいものをすべて奪われて廃墟と化し、畑道具類も何もなかった。人びとはサツマイモの苗を手に入れ、素手で、爪から血を流しながら、畑を耕した。そして何年かして、必死に貯めた浄財をもって天主堂を建てた。その浦上の天主堂の真上に原爆が投下されたのであった。何という悲劇であろうか。

鷗外の屈折

鷗外森林太郎のお父さんは、ひょっとすると藩の典医として、虐殺された遺体の検死をしたのではないか。多感な少年林太郎は、それを知らなかったであろうか。そんなはずはありえない。

鷗外は生涯をかけてヨーロッパ文化のよいところを学び、人びとに伝えた。しかしキリスト教についてだけは、一生沈黙している。でも、『舞姫』冒頭の古い教会に寄せる想い、それはたとえばこうである。(三〇〇年もの歴史を経て)今なお堂々たる古い教会を望むごとに、「心の恍惚となりて暫し佇《たたず》みしこと幾度なるを知らず」と書き記している。それでいて自分からは中に一歩入っていくことをしない。いかにも近代日本の知識人の典型である。

あるいはこの歌声はどうだろう。

「キリストはよみがへりたまひぬ。
いたましき、
浄からしめ、鍛ひ練る
業を修し卒へたまへる、
物を愛します主よ、聖にゐませ」
——聖母マリアへの清純朗々たる
賛歌とともに。

ゲーテの『ファウスト』の復活節の項の訳など、よほど深い理解と思いがなければ出来るはずがない。彼の心の中には、深い深い謎のようなわだかまりがキリスト教に対してあったのではないか。それが彼の生涯の、心の中の、光と影であったと思われる。

『妄想』を書く

森鷗外が明治四四年（一九一一年）、当時のかぞえ方で五〇歳の春、思うところあって、半生を振り返った作品『妄想』を書いた。いわゆる頭がおかしくなったような想念ではなく、五〇年の生涯を想起した自伝風のエッセイだが、中には少しフィクション的な構造もあるので、一般には「小説」と分類されている。

太平洋を望む松林の中の、小さな家にひとり老後をたのしむ主人公を、鷗外は翁《おきな》と呼び、その翁の回顧録という形をとっている。三〇ページ足らずの短い自伝である。軍医総監という陸軍軍医最高の地位に昇りつめ、しかも、明治の文壇の最高峰を漱石と分け合った巨人でもある彼が、今なら六五か七〇歳になったぐらいの感懐をこめて、主に思想的発展の面で追想をしており、海辺の松林での一老人の思い出を「妄想」と自ら呼んでいる。少しも「妄」想とは思えないが、これは作者の作家的な自己評価なのであろう。詩人ゲーテなら『詩と真実』と呼んだものの小型版と言えよう。

ドイツ留学

当時世界の医学をリードしていたドイツに、二〇歳代の軍医森林太郎は、充分な留学費を与えられて学びに出かけ、四年間充実したドイツ生活をたのしんだ。よく学び、よく読み、あらゆる文化活動を吸収する。そして単なる医療医学だけでなく、自然科学そのものの本質に心をとらえられた。あらゆる面でヨーロッパはその黄金時代であった。

しかし、留学期間が終わり、帰国が迫る。日本にはそのころまだ独自に自然科学を進展させていく地盤は整っていない。まだまだヨーロッパの学術の結論を「取りつぐ」ことしか出来なかった、くやしいけれど。そこへ帰っていくのか。むろん、故郷日本は夢のようになつかしい。でも、自然科学を真に育てるのに「便利」な国にずっと残って科学者として生きていきたい思いもある。むろん、官命で留学したからという国への義理だけでなく、そのような制約ではなく、真にふるさとは恋しい。

「自分の願望の秤《はかり》も、一方の皿に〝便利〟な国を載せて、一方の皿に夢の（夢にも見る）故郷を載せたとき、便利の皿をつった緒《お》をそっと引く、白い、優しい手があったにも拘わらず、たしかに夢の方へ傾いたのである」。

こうして主人公は、学術の面ではまだ発展途上国の日本に帰ってきたのであった。そのことはここではこれ以上取り上げない。そうではなくて、「ドイツに残れ、行くな」とひきとめる「白い、優しい手があったにも拘わらず」というところが重要である。

つまり、鷗外の留学経験の終わりを飾った小説『舞姫』では、実にむごいことをして主人公は恋人を捨てて帰国してくるのだが、現実の鷗外は、けっしてそんなに残酷ではなかったのであって、帰国後四日後に、恋人は別の船ではるばる横浜へやってきたではないか。その手配も旅費も、全部、留学生の森林太郎がしたのであった。しかし、日本陸軍の軍医である身分と古い家柄のしがらみとは、若い帰国者の夢をこっぱみじんに砕きさった。でも彼はベルリンへ帰っていった恋人を忘れることなく、ずっと生活費を送金していたようだ。彼女がいて、その「白い、優しい手が」ひきとめようとしたにも拘わらず、というところに万感がこめられている。森鷗外は、『舞姫』結末のような冷酷無惨な男ではなかった。

師と主

さて、この自伝的作品の終わり近くに重大な述懐が、ほんとうにさりげなく記されている。それは、この一行である。

「(自分は)多くの師《し》には逢ったが、一人の主《しゅ》には逢わなかった」という。ここである。

彼は明治天皇に目をかけられ、忠誠を誓った。その次の大正天皇とはとても親しかった。天皇制官僚体制の中に問題なく勤め、神道的世界観を全身の隅々までしみこませて生きた明治人であった。しかし、天皇を「主《しゅ》」とは思わなかった。多くのすぐれた先生には逢って教えていただいた。代々の天皇にお仕《つか》え申し上げた。しかし、魂の奥底から「主」と仰ぐことはできなかった。「主には逢わなかった」と嘆いている。

ここが重要である。主とは何か。主とは主なる神である。

しかも、この作品の一ページあとで彼はもう一度書く。「多くの師に逢って、一人の主にも逢わなかった」と繰り返して。ここには、おなかの底からの嘆きがある。

――鷗外は、聖書を精読していた。漢訳聖書全巻をほとんどそらんじてさえいた。しかし、彼はキリスト教の教会の前に立って、深い憧憬にうっとりしながら（『舞姫』）、一歩その中に入っていくことはしなかった。できなかった。いったいなぜであったろうか。

彼の「主」に逢わなかったと繰り返した嘆き、悲しんだことだけをご紹介した。これが多くの日本人の本音であろう。

私たちは、しかし、生命のあるうちに、真の「主」に逢わなくてはなるまい。日本はもう明治ではないのである。

ゲーテの「旅人の夜の歌」

八月二八日はドイツの詩人ゲーテの誕生日である。十八、十九世紀の当時としては八二歳七ヶ月というたいへんな長寿をまっとうした彼の、最後の誕生日のことをお伝えしよう。

彼が詩人、作家、大臣としてよく働いた中部ドイツのワイマルから南へ六〇キロ。あたりで一番高い山キッケルハーンに登ろうと、一三歳と一一歳の孫むすこ二人を連れて早朝から出かける。国内外から殺到する誕生日祝いの多さに閉口して、実は逃げ出したのである。自家用馬車は軽快に走った。

二六日の夕方、山麓の小さな町、目的地のイルメナウに到着。宿をとる。翌朝、四時半に朝食。空は快晴。孫たちは一足先に登り始め、ゲーテは少しあとから馬車を使って八六一メートルの山頂に向かう。頂きのちょっと下に、狩人たちが使う二階建て木造の小屋がある。「五一年前、そこに泊って、窓辺の板壁に鉛筆で即興詩八行を書いたが、まだあるかな。見てみよう」と、コケモモの茂る山径をスタスタと歩いた。

あった！　三一歳の内閣主席として血気盛んだった彼が、ここで、夕暮時の壮大な山頂の空気を一筆したのであった。

旅人の夜の歌

峯々に
憩いあり
梢を渡る
そよかぜの
あともなく
小鳥は森に静もりぬ
待て、しばし、
汝《なれ》もまた憩わん

二階の南窓の左の壁に、たしかに彼自身の鉛筆で書いた八行詩が読める。じっと立って、読み了えると、両頬を涙が落ちた。
ゆっくりと、雪のように白いハンケチを、紺色の服のポケットから取り出して涙をふくと、お供をしてきたこの地方の営林署管理官にやや沈んだ声で、

「そうだ。

待て　しばし

汝もまた憩わん」

と言った。そして窓越しにドイツ唐檜《トウヒ》と橅《ブナ》の森を見渡していた。この時の「憩い」とは、若者にとっての夕暮の休みではなく、多くの、実に多くの親しい人を天に送った老いの身の、やがて近い永遠の憩いであろう。

——若い時作ったもとの意味は？

詩の題の「旅人」は、さびしい旅行者とか漂泊の人の意味ではない。ドイツ語のワンドラー。何日も山歩きをする人。ワンダー・フォーゲルのように。日本語「旅人」の寂しさ、悲哀感はない。元気一杯なのだ。

四方の山々から目を足もとにおろすと谷にひろがる広大な樹海に、風の空気団（空気のかたまり）の跡も見えぬ静けさ。しかし、ふと気がつくと、さっきまであんなに賑やかだった小鳥たちの、就眠直前の騒がしいさえずりはパタリと止んで、何ともう暗い夜の眠りについている。短い詩の中に長い時間の流れがある。

汝《なれ》というのは、自然に向かいあっている人間「おまえ」、つまり自分のこと。今にも岩を蹴り崖をとんで山の下へ駆けおりたい、国政の責任ある仕事へ、恋しい人の面影のもとへと。

そんな待てない自分に呼びかけて、おしとどめ、「待て」という。やがてお前にも憩いが来る、と。若い時、この詩を即興で作った折には、ただ休息をと思ったのだが、文学作品というものは時と場所を超えてずっと未来のことを伝えることがあるものである。そんなつもりはなかったのに。それで、八二歳になった今、「ほんとうにそうだ」とゲーテはうなずいたのだった。実にさまざまな思い、万感こもっての涙であった。遠くない、「やがて」、もう間もないことに違いない、とわの憩いは。先だった多くの親しい人びとの面影よ。

山からおりる馬車に乗りこむ前にふと見つけた足もとの小さな、白い石ころの砕けたかけら。花崗岩の一種。この山の生成と、どう関わっているのか。思考は何億年も前のことにとぶ。世界の何もかもが面白い。ふと顔をあげ、大空を見上げ、四方すべての山々、緑が濃くて黒ずんでさえ見える森、葉や枝や花、雲や空の光、これら神の創造の中に生かされている人間の生命、運命そして世界の人類の歴史。それらを一瞬のうちに思いめぐらすのであった。

昼過ぎに麓の宿に着いて遅い昼食。孫たちも山径をかけおりてきて、食事を済ませると、すぐまた近くの炭坑を見に行くという。ゲーテは宿に残って何をしたのか？普通の老人なら昼寝をするところだろう。彼はそれから厚い古代哲学の本を二冊も読み、著者宛の手紙を書く。そして夕方、麓のこの町イルメナウの楽団が宿の前でお祝いのセレナーデを演奏。これはたのしい。祝意を快く受けた。

彼が留守をした（実は逃げ出してきた）ワイマルの町と城、離宮などでは、本人抜きのお祝いの会が開かれていた。翌二八日、誕生日当日は、終日を静かに過ごすことができた。

「わらべは見たり、野なかのバラ」という歌がよく知られている。昔の歌はうたわなくなった現代の幼稚園児も、躍り上がるようにしてうたう。

合唱曲としてはウェルナーの曲がよくうたわれるが、独唱曲や斉唱には何といっても、ウィーンのシューベルトの曲がとてもよくうたわれる。ウィーンと、わざわざいうのは、ウィーン生まれ、ウィーンをほぼ生涯の活動範囲として、わずか三一年の生涯を終えた人だからで、ロンドンやパリにも行って大活躍をしたなんていうことのない、それこそウィーン子らしい、モジャモジャ頭に丸い鉄枠眼鏡をかけた、風采のあがらぬ人であった。

でも「野バラ」一曲を聞いたりうたったりすると世界中の人は、シューベルトが今も生きていてくれるような気持ちになる。その「野バラ」の詩を書いたのが若い詩人ゲーテだった。当時ということは十八、十九世紀のヨーロッパは政治的には混乱していたが、片や産業革命が起こりはじめ、片やゲーテやシラーやアイヒェンドルフやハイネなど、空とぶ小鳥の群のようにたくさんの詩人がいて、いい詩をたくさん世に出し、それを使って音楽家たちが、とくにドイツ音楽に名作の多い歌曲（リート）を次々と生み出していった時代で、その中心のひとつは、何といっても「美しく青きドナウ」の畔りのウィーンであった。

シューベルトはとくにゲーテにたいへん敬意を覚えていて、ゲーテの詩を何と四〇曲も作曲し、それぞれ大事に包装してワイマルのゲーテ宛郵送で贈呈している。ところが、何たることだろう、ゲーテは親しい音楽専門家たちに「ウィーン下町のやくざっぽい、音楽学の基礎も知らない奴の譜なんか、見ることもない」と言われて、そのとおり、せっかく贈られたものをそのまま送り返したり、屑箱にほうりこんだりする始末であった。実は、当時の郵便は国内国際とも料金前払い制ではなく、受取人が郵便物の重量と運ばれてきた距離をかけ合わせて算出する料金を支払っていたのである。ワイマルのゲーテのもとには世界中から、それこそ山のようにたくさんの手紙や小包がやってくる。それらが全部、受取人払い！

というわけで、ゲーテは自作の「魔王」の詩をはじめ多くの詩につけたシューベルトの曲を知らずに過ごした。――ところがなのだ。シューベルトは三一歳の若さで亡くなる前年に、ゲーテの詩「旅人の夜の歌」に心の底まで静かに深い感動を受け、とても繊細で静かな曲をつくる。（op. 96.No8）。

「待て　しばし
　汝《なれ》もまた　憩わん」

とうたい終わるところのひそやかさ、静けさ、美しさといったらない。

ああ、可哀相なシューベルト。短い生涯のうちにゲーテの目が彼の心こめて清書した楽譜の上に落ちることはなかった。

病みがちだったシューベルトはわずか三一歳で世を去る。今でこそ彼の『未完成交響楽』、ピアノ曲や歌曲（リート）をはじめとする厖大な作品のすべてが人類文化の宝となっており、とくに彼を頂点とするドイツ・リートの数々は人類文化の奇蹟と申せよう。

彼の死後二年目。ゲーテ八一歳。

ある日、すぐれた女流歌手デフランがワイマルのゲーテの家に遊びに来て、友人の伴奏でシューベルトの「魔王」（ゲーテの詩）をはじめ数曲をうたった。詩人はこころから本当に感動する。そして作者シューベルトという人が亡くなってもう二年たったことを知る。

人生は、いつも「遅かった」という嘆きにみちている。もし二年前にゲーテがシューベルトの歌にそんなに感動したことを知ったら、作曲家はもう二年は生きのびたかもしれない。しかし、too late であった。

ゲーテは、深い感動を顔に見せつつ、歌手のデフランの頭の両側に手を置き、彼女の額にそっと口づけをした。歌手への感謝であり、原作者への和解のしるしだったのだろう。

ややゲーテびいきになるかもしれないが、八一歳にもなった老人――今の時代なら一〇〇歳前後に当たるだろう――が、初めて聴く音楽にそれほどに心打たれたというのは、その人の芸術的感覚、芸術への感性の鋭さを物語るものではないだろうか。


「旅人の夜の歌」という詩をゲーテは実は二編作っている。一つは二七歳、ワイマルに招かれてきて、冗談が本気になったかのように一国の閣僚になろうとするとき、ワイマル北部の丘辺で夕暮時に書いた、感情表現の強い短詩と、そして、ここにご紹介しているキッケルハーン山頂での同題の八行詩。三一歳のとき即興で書いた。しかし八二歳の詩人自身が、山小屋でその詩を読んで、「ほんとうにそうだ」と涙を落としたこの短い詩。いい詩ではないか。シューベルトが心をこめて作曲したわけであろう。

その後、この八行詩の方に、世界中の作曲家の作品一五〇編以上があるが、フランツ・シューベルトのものがいちばん心を打つ作品であると思う。

創造主による大自然と人生の綜合であろう。

Ⅳ　『ファウスト』

森鷗外とゲーテ

1　菩提樹の町ライプツィヒ

ドイツ東部のライプツィヒは、大枝を横に張ってゆさゆさと繁る菩提樹《リンデ》に埋まっているような都会である。バッハがカントールをつとめた聖トーマス教会も、何十本ものリンデの大木にすっぽり包まれている。もともと土地の古語で一〇〇〇年以上前から「ライプ（菩提樹の）ツィヒ（町）」と呼ばれていた所である。

書籍の印刷出版業が栄え、国際見本市の歴史も長いこの大学町は、完全な意味の帝国直属自由市ではなかったけれども、独自の市壁で町を囲い、かなりの自治を許されて栄えていた。この古い大学町に一六歳のゲーテが、はじめてフランクフルトの親元を離れて三年間法律学を学んだ。その同じライプツィヒ大学に二二歳の森鷗外（林太郎）がはじめて留学して、軍医として衛生学を学び、ドイツ・ヨーロッパ文化に全身で触れたのが一八八四年、明治一七年である。

市中心部によくある地下酒場のひとつにアウエルバッハス・ケラー*という店がある。

通りから狭い石の階段をおり、重い木の扉を押して中に入る。地下の空気はひんやりする。アーチ型の天井の下、いかにも地下の酒蔵づくりといった感じの地下室は、黒光りした大きな重々しい木のテーブルが横長にでんと置かれ、二、三〇席ほどのがっしりした木の椅子がそれを囲んでいる。むろんクロースはない。ビール、ワイン、地元の肉じゃが料理などをたのしみ、いくら大声を出しても騒音とされないので、今も学生たちが多く集まる。観光客用に、さらに奥の地下には一〇〇人ほどの人が入る食堂が設けられている。(＊注・この「ス」は、「の」の用法)。

ゲーテはこの町を去って数年後に戯曲『ファウスト』第一部を書き始め、このアウエルバッハの地下酒場(ケラー)に、ファウスト博士と悪魔メフィストーフェレスを登場させて、散々に学生たちをからかわせる。中世のままのほの暗い地下の酒場だが陰湿ではなく、中世以来の土着の雰囲気に日本でいえば旧制高校的な学生生活の気分がとけ合って、今も非常に評判が高い。

森鷗外(当時はまだ筆名鷗外は使っていなかったが、利便が良いので鷗外と呼ぶ)は、この町ライプツィヒに学んで二年目、七歳年上の哲学者でドイツに六年留学していた井上哲次郎と連れだってこの酒場に入り、おおいに意気があがって、ゲーテの『ファウスト』を漢文で訳す、と井上哲次郎に約束した。実際にはずっと後の一九一三年に、漢文でも、『舞姫』のような雅文調でもなく、当時の人に判りやすい普通の口語文で訳出した。ライプツィヒのレクラム社刊のレクラム文庫を手元に置いていた。この文庫を岩波茂雄が真似て岩波文庫をはじめたのである。後年鷗外は陸軍省軍医総監という公務のかたわら、短い昼休みと、夜寝る前に訳にかかり僅か半年で第一部・第二部を訳し切って、冨山房から出版した。恐るべきスピードである。

若き日の在独留学生鷗外は医学研修のかたわら、多くのヨーロッパ文学、哲学の書を読み、全身で西欧文化に触れ摂取し、『ファウスト』はテキストを読み込んだだけでなく、劇場での演劇としてもたのしみ、深い感銘を受けた。その主人公 Faust とは何者であるのか。

ファウスト博士は、後述するように、近世のあけぼののころ、南西ドイツに実在した人文学者で、全ての学問に通じ、最大の知識を得ようとするルネサンス的人間だが、しかし実際には何もかもを知りたいという願望は現実には満たされることがなく、絶望の末、悪魔と手を握って（つまり悪魔に魂を売って）世界の根源的知識を獲得しようとする人物。

ゲーテによる作品第一部の冒頭のファウストの独白モノローグのほんの一部を先ずご紹介しよう。悪魔と手をにぎるといえば、普通は金銭、富を得るためなのだが、根源的知識を得たいというファウストの熱望や激情は、たったひとりになっても世界と神の前に立つ、単独者としての知識衝動である。いかにもルネサンス的である。しかしそれが、チラチラ仄火の燃え、薬品の匂いのこもる研究室、魔女たちの鬼火も見える地下の研究室が舞台とあっては、近世初頭というより、中世そのままの土着的な、いかにもドイツらしい雰囲気だと言えよう。

『ファウスト』は、まさにそのような暗い地下の研究室での孤独で狷介な碩学の独白から始まる。そのひびきをお聞きとりいただこう。(鷗外の邦訳と、原文のドイツ語を逐語訳的に読み上げよう)

2 『ファウスト』巻頭の独白

さてさて、己は哲學も
法學も医學も
あらずものがなの神學も
熱心に勉強して、底の底まで研究した。
さうしてここにかうしてゐる。氣の毒な、馬鹿な己だな。
その癖なんにもしなかつた昔より、ちつともえらくはなつてゐない。
マギステルでござるの、ドクトルでござるのと學位倒れで、
もう彼此七年が間、

弔り上げたり、引き卸したり、竪横十文字に、
學生どもの鼻柱を撮まんで引き廻してゐる。
そして己達にも何も知れるものでないと、己は見てゐるのだ。
それを思へば、殆ど此胸が焦げさうだ。
勿論世間でドクトルだ、マギステルだ、學者だ、牧師だと云ふ、
一切の馬鹿者どもに較べれば、己の方が氣は利いてゐる。
己は疑惑に惱まされるやうなことはない。
地獄も悪魔もこはくはない。
その代り己には一切の歡喜がなくなつた。
一廉の事を知つてゐると云う自惚れもなく、
人間を改良するやうに、濟渡するやうに、
敬へることが出来ようと云う自惚れもない。
それに己は金も品物も持つてゐず、
世間の歡華や名聞も持つてゐない。
此上かうしてゐろと云つたら、狗もかぶりを振るだらう。
（367行）
（8行目の「七年」は本当は一〇年。昭和一四年岩波菊判のミスプリント）

「あらずもがなの」は鷗外の名訳で原語は leider［ライダー］。普通なら「残念ながら」と訳す語だが、これがおもしろい。のちの誰もこの鷗外訳を超えることができていない。

『ファウスト』は言うまでもなく韻律正しい五脚形式の詩劇であって、文意は日本語に訳せるが、原文の響きやリズムは到底訳すことはできない。たとえば英語とドイツ語のようにもとが同じインド・ヨーロッパ語同士であれば、かなりの程度の訳ができようが、日本語への訳は「詩」という視点からすると、ほとんど完全にといっていいほど不可能である。全く新しい、日本語による作品をつくるしかない。そうであるのに鷗外の訳は弾力的でみずみずしい。口語に張りがあり、強い。鷗外より前の邦訳もあったが、『ファウスト』は鷗外によって私たちのものとなり、彼以後の実に多くの人の訳も、みずみずしさと文章の弾力的強さからいうと、誰ひとり鷗外にかなうものはない。

世界の根源的秘密、理法を知ろう、識りたい。全ての学問をきわめつくしたうえで、ファウストは口だけの知識でなく、全生命を賭けた行動・行為を願って、次のような独白をする。

ルターのおもかげをうつしながら。

啓示のどの伝よりも尊く、美しく
新約聖書の中に燃えてゐる啓示がそれだ。
原本を開けて見て、
素直な感じのままに、一遍
神聖なる本文を
好きなドイツ語で譯して見たい。
（一書巻を開き、翻訳の支度す。）

かう書いてある。「初にロゴスありき。語《ことば》ありき。」
もう此処《ここ》で己はつかへる。誰の助《たすけ》を借りて先へ進まう。
己には、語をそれ程高く値踏することが出来ぬ。
なんとか別に譯せんではなるまい。
靈の正しい示《しめし》を受けてゐるなら、それが出来よう。
かう書いてある。「初に意《こころ》ありき。」
輕卒に筆を下さぬやうに、
初句に心を用ゐんではなるまい。
あらゆる物を造り成すものが意《こころ》であらうか。

一體かう書いてゐる筈ではないか。「初に力《ちから》ありき。」
併しかう紙に書いてゐるうちに、
どうもこれでは安心出来ないと云う感じが起る。
はぁ。靈の助《たすけ》だ。不意に思ひ附いて、
安じてかう書く。「初に業《わざ》ありき。」
(1237行)

鷗外が「業」と訳した die Tat［タート］とは、単なる書斎の「学者」でなく、行為・行動を指す事は勿論だが、同時に神のみわざをも指している。神は、はじめに天地を創造した。神も人もともに行動しうる存在だ、というのである。単なる「行動主義」ではない。なお、「好きなドイツ語に」は、今のことばに直訳すれば、「わが愛するドイツ語に」である。

ゲーテが敬愛してやまず、「自分はルターの一番の弟子だ」と称したほど親しみを覚えていたマルティーン・ルターが、原典から万人にわかるドイツ語に聖書を訳したことはよく知られている。その第一の弟子を自称するゲーテは、神聖ローマ帝国という名のもとに三〇〇以上の諸領邦（小国）に分裂していたドイツに、統一的な共通のドイツ語を文学の形で与えた。ゲーテが現在のドイツ語をつくりあげたのである。

さて、鷗外に話を戻そう。只今の短い例文からも訳者鷗外の名訳ぶりがうかがわれるだろう。

3　鷗外の光と影

鷗外（森林太郎）は、一八六二年（文久二年）現在の島根県、石見の国津和野藩の典医の家の長男として生まれた。お城にあがり藩主の医師を務める典医といっても、禄高僅かに五〇石で、家付きの母峰子は毎日機織りをして家計を支えていた。林太郎の幼い日の想い出には、維新前後の貧しい境遇という面が強かった。しかしそれだけに「家」の名を重んじ、家名を立てることがたえず求められていた。

一六歳で林太郎を生んだ母峰子はいわゆる猛母で、林太郎が五歳で論語や孟子を学び始めると、彼女も徹夜して予習をし、ともにすべてを学び励ました。彼の優れた漢文の素養は当時の人なら当然だったとも言えるが、特に秀でていたのは母のせいに違いない。彼は良かれ悪しかれ、一生涯母の前に頭が上がらなかった（彼は聖書も漢訳を精読した）。

一八七二年（明治五年）、父とともに上京。親戚の西周《にしあまね》宅に寄寓し、本郷の私塾進文学社でドイツ語を学び始める。はじめにオランダ語そしてドイツ語をマスターする。

一八七四年一月、一二歳。よくあったことだそうだが、年を数年偽って東大医学部に入学。一九歳で卒業、陸軍省に軍医として入る。東大一番なら文部省留学生としてドイツに行けたがドイツ人教授と折り合いが悪くて一番になりそこねた。在学中、陸軍の奨学金を得ていたし、東大卒軍医なら留学の可能性は大きかった。

一八八四年（明治一七年）、陸軍よりドイツ留学を命じられ、ドイツで四年間過ごす。まずライプツィヒ、合わせて同じザクセンのドレスデン、次に南の都ミュンヒェン、最後の一年半をプロイセンの首都ベルリンで、それぞれ大学に籍を置いて衛生学、細菌学を学ぶ。ベルリンでは特に細菌学の世界的巨人ローベルト・コッホに就く。相弟子に北里柴三郎がいた。下水の細菌検査などを課されるが、優秀な研究生であった。

エリート軍医将校は軍国ドイツらしい厚遇を受け、よく学び、全身で文化を吸収し、ドイツ生活をエンジョイした。ドイツ語が驚くべくよく出来たうえ、ロンドンの夏目漱石が留学費の乏しさを嘆いたのと異なり、留学費も潤沢で、月一〇〇〇マルク、後に一三〇〇マルク、軍服代八〇マルクを受けた。これは一般留学生の二倍ないし三倍に当たった。鷗外は生涯、軍医の軍服を愛用した。からだが大きくなかったせいでもあるという。

ベルリンでは、可愛らしいエリーゼ・ヴィーゲルトを恋人とする。帰国後に第一作『舞姫』にエリスという名になっている彼女の面影とその恋の経過が、ロマンチックに、しかし自虐的なほど自省を込めて記されている。高校の国語教材に一部分が長く使われているので、今も知らぬ人はないだろう。本書ではその詳細は省略する。しかし一言すれば、彼女は実在の人、堅気で健気な女性で、帽子つくりをなりわいとし、後に結婚し、第二次大戦も生きぬいて八六歳の一九五三年ベルリンで亡くなっている。

林太郎の帰国の後を追って四日後に横浜の港に着いたエリーゼは、約一ヶ月後にヨーロッパに帰っていく。後を追うつもりだった鷗外は、母と妹（喜美子）と上司に強力に引き止められ、軍医退職も断念し、帰国後半年にして心ならぬ結婚をしたが、一年で離婚。その後一二年間独身。軍医としては益々昇進を続け、一九〇七年四五歳で軍医総監に就任、後に帝室博物館長兼図書頭に就任。その間鷗外はドイツに送金を続けたようだ。月八〇円の記録もある（一般の家計費三〇円の時代）。六〇歳、結核で亡くなる直前、後妻しげに命じ、過去の想い出と手紙と写真をすべて目の前で焼却させた。そのことは、彼の心中に、想い出がいかに強かったかを思わせるではないか。

さて、明治のはじめに徴兵制によって陸軍と海軍が創設されて以来、下士官兵士は平等に一日三食、純白米六合、副食代は一日六銭六厘と勅令（天皇の命令）によって決まっていた。明治期後期には一八銭となる。白い米のご飯をこれほど多量にいただけるとはと、米を食べることもかなわなかった貧しかった日本の多くの若者は大感激。副食は自分でまかなえということだったので、これは使わずにしまいこみ、故郷に送った。白米だけ腹一杯食べて満足。「白米に梅干しの日の丸弁当」で皇軍は強いのだと言われた。実は、そのために脚気が猛威を振るったのだ。ヴィタミンB1欠乏から脚気が発症し、まず足のむくみ（だから脚の病気という）、しびれ、筋肉痛、神経痛そしてついに脚気衝心（心臓麻痺）にいたる。小麦その他の麦類雑穀をパンにして食するヨーロッパには脚気は絶無で、東大医学部教授のベルツや、ベルリン大学のローベルト・コッホたちも、脚気は東南アジア独特の風土病であって、細菌性の伝染病と考え「ベルベリ」と呼んでいた。鷗外が師団付軍医の長として従軍した日清戦争では、陸軍の戦死者総数の三倍以上の兵が脚気で死んだ。日露戦争では戦死者四七、〇〇〇人、脚気患者二一一、六〇〇人、脚気死亡者二七、八〇〇人にのぼった。両戦争とも陸軍はほとんど戦闘力を失うところだった。恐るべき国民病脚気。その原因は誰にもわからなかったが、たくさんの医師、研究者が「脚気菌」探しに奔走した。しかし何も見つからなかった。

ところが一方、海軍では脚気による死亡はただの一名だった。鷗外より数年早く英国に留学した高木兼寛は海軍の軍医として、脚気は栄養のバランスが悪くて発病するのだと考えた。とくに蛋白質と炭水化物の比率を重視した。高木も脚気の真の病原は実はわからなかった。しかし食事のバランスで脚気をおさえられると考え、兵食に今述べたように麦や洋食風副食、さらに海軍カレーなどを加え、海軍から脚気を一掃した。

鷗外は、脚気菌のことはわからぬまま、食事のバランスからいうと和食・日本食にも豆腐・味噌・干魚等があり、陸軍食をパン主体の西洋食に変える必要はない、と強く言い続けた。海軍への強烈な対抗意識と、上司からの命もあった。海軍の一〇倍の規模の陸軍の食事を洋食に変えることの非を説いてやまなかった。こうして実は陸軍も海軍も真の原因がわからぬまま、闇の中を手探りしていた。

今から一一〇年ほどまえ、一九一四年、ポーランド出身のフンクがVitaminを発見。脚気は、ヴィタミンB1欠乏によるものと確認した。日本の医学会がそれを公式に認めたのは実に、一九三三年、昭和八年である。その前に梅沢のオリザニンなどが出るが、日本の医学会が公式に認めたのは、鷗外が亡くなって久しくたってからのことだった。晩年の鷗外は、米ヌカのエキスが脚気に効くことなどは知っていたらしい。しかし真の病因は、知らずに死んだ。その間、言わなくてもいい海軍の悪口を言ったこともある。海軍では高木兼寛が退官したあと、突如爆発的に脚気が発症した。それは水兵たちの強い要望に応えてパン食をやめ、白米にまぜる麦の精白を強めたため、大事な麦芽をすべて削りおとしてしまったこと、また軍艦が近海のみならず遠洋に出るようになって、副食を充分補充できなかったためである。

ともあれ、脚気によって若い多くの兵士の生命を失ったことは、責任の地位にある軍医森鷗外の心の傷として長く残った。陸海軍・東大を加えた脚気病気研究会をつくり、国家プロジェクトとして調査研究し、その会長・座長を長く務めたのもその現れである。

鷗外は優れた文学者だった。帰国後すぐに出版した訳詩集『於面影《おもかげ》』は明治日本の詩の世界に新しい扉を開いて、島崎藤村や上田敏らを世に出した。さらに『舞姫』『うたかたの記』『文づかひ』の初期三部作は、明治ロマン主義小説の開始を意味した輝かしいものだった。

後期に至っての『山椒大夫』『高瀬舟』他の小説、さらにいく篇ものいわゆる史伝の、清潔なみごとさはいうまでもないが、ゲーテの『ファウスト』とアンデルセンの『即興詩人』の訳は不朽の名作である。文学の全領域に大きな足跡を残したが、私個人としては、彼の俳句だけは漱石と比べるまでもなく余りうまくないと思う。けだし、常に余りに真面目な彼は、軽妙な身ごなしで局面を軽く切りとる俳句作には向いていなかったのだろう。俳句のうまかった漱石より一〇年長生きし、一九二二年六〇歳で没した。腎不全というが実は結核だった。

彼の生涯には大きな光があったが、同時に彼がひそかに生涯負い続けた影も濃かった。そのひとつは、病原不明の脚気で多くの兵を失ったこと。第二に、ドイツに送り帰した恋人エリスことエリーゼ・ヴィーゲルトへの一生の負い目の情。そして第三は一度も帰郷しなかった津和野の禅寺で虐殺された浦上四番崩れのキリシタン流人たちの運命で、キリスト教への暗い影のような思いであった。「多くの師には逢ったが、ひとりの主には逢わなかった」と記し残して。

ゲーテの『ファウスト』

1　自我の賛歌

ゲーテがみごとに造型したファウストは、大胆不敵で傲岸不遜、行動・行為への連続に身を焼くように生きる男。現状を変革し、未来に向けて全力を挙げて行動する。あのヨハネ福音書冒頭一章一節のロゴスを「業」と訳したように。行動あっての人生であって、静かに座って自然観賞をしてなぞいない。それも知性と切り離された、単なる刹那主義的な行動ではない。神のみわざ、神の行為であるロゴスを、この自分の力で認識し生きるための行動である。

世界をそのもつとも奥深く統《す》べてゐるものが、
なんであるかを認識し、
いつさいの作用の力と種子とを目で観る。

そのための行動であって、まことに激しい生き様をする。「努力」してやまぬこのような人間を、ファウスト的人間と呼ぶ。がむしゃらで、激越で、デーモンにとりつかれていながら実に内省的で、孤独な男。しかも学問の蘊奥を極めた学究の人。そして叫ぶ。「二つの魂が、あゝ、俺の胸に住んでゐる」。（1112行）

彼は、無限の行動意欲のために、現代科学の限界を超えて悪魔と手を結ばずにはいられず、そうしてまでも自分の情熱と心身をただ行動という価値に打ちこんで、かえって痛ましくも悲劇的な没落をとげる。

全人類に与えられたものを私はわが内なる自我のうちに味はおう。
わが精神をもつて最高最深のものをつかみ、
全人類の幸福と苦悩をわが胸に積み重ね、
かうしておのれ自身の自我を人類の自我にまでおし拡げ、
そして人類同様、ついには私自身も滅びやう。

（1775行）

このような自我の賛歌、それは私たちの日本的な世界、自然と融け合い、人と和のうちにあることを願う精神とはまるで違うもので、ゲーテが突如造り出したものではなく、ヨーロッパ精神史の中から当然のように生み出されてきたものであった。

2　実在したファウスト博士

ファウストFaustは、今から五〇〇年のむかし、ルターとほぼ同時代の一六世紀前半に実在したドイツ人である。

ドイツ南部ヴュルテンベルクのクニットリンゲンに一四八〇年ごろ生まれ、一五〇九年ごろから医師、錬金術師、占星家として知られるようになった人文学者（フマニスト）であったが、一冊の書ものこさず、奇行の言伝えだけ残して一五三九年のころ、南西ドイツのシュタウフェンに没した。実在したその人とは関係のない、さまざまな魔術伝説までが彼に結びつけられ、語り伝えられて、それが山間の農村から大学生の間にまでひろまっていった。近代がようやく始まろうとするころであって、その時代の人間の胸には強烈な世界探求の野望がくすぶり、芽ばえ始めていた。

一四九二年にコロンブスが新大陸を発見、六年のちには、ヴァスコ・ダ・ガマがインド航路を発見している。アルプスから北のドイツでも各地方都市を結ぶ道路上に、神聖ローマ皇帝勅許を受けたタクシス家の郵便馬車が、高らかにポスト・ホルンを鳴らして走り始めたのが、一五一六年。その翌年にはルターの宗教改革が激発する。現実生活に縛り付けられた身分では、まったく果たしようもない夢や願望を、ルネサンス期の人びとは魔術師の物語に託して語り伝えたのであろう。ファウスト博士は、本人が聞いたら驚倒したであろうような怪奇な人物となって、一六世紀後半には草紙もの・民衆本『ファウスト博士ものがたり』として出版された。それより前、一四五〇年にマインツのグーテンベルクの発明した印刷術が、すでにドイツで大量生産が可能になっていた「紙」という素材を用いて、聖書ばかりか大量の一般的読み物を出版させる道をひらいていたのであった。

さて、生前のファウストは近代化学の前身ともいうべき錬金術に夢中になっていたので、当時の人びとの目には魔法使いと映ったらしい。ゲーテもその『ファウスト』のなかで、当時ヨーロッパで猛威を振るったペストに対し、錬金術の成果を用いて化学医療を試みた医師としてのファウスト父子を、次のように自己紹介させている。

錬金術師の仲間にはゐつて、
黒い厨に閉じこもり、
そして際限もない処方書によつて、
互いに性の合わぬものをとかし合はせた。
……………
かうして薬はできた。患者たちは死んだ。
誰がなおつたか、と聞く人もゐなかつた。

かのようにしてわたしたち（父子）は恐ろしい煮つめ薬を持つて
このあたりの山々谷々をめぐつて歩き、
疫病そのものよりも遥かにひどく猛威をふるつたのだ。（1052行）

現実のファウストはゲーテの作中人物ほど謙虚ではなく、あやしい名声を巧妙に悪用した人物であったようだ。彼は自分の身のまわりにたえず一種の栄光のようなものを漂わせることに腐心していた。そして、たえず人の話題となることを願い、忘れ去られることを恐れた。現代の芸能人や流行作家たちも彼に似ている。こういった人びとの存在には、どこかいかがわしいファウスト的な詐欺師性がある。ファウストの自己栄光顕示欲には経済的理由もあったが、彼の身体的コンプレックスからも異常なほら吹きに走ったものとも言われている。

ともあれ、中世が終わりを告げ、時代の混沌が次第に近代へと歩みを進めているときに出てきたこの人文学者は、死後ただちに魔術師とされ、彼についてのありとあらゆる伝説が生まれ、アルベルトゥス・マーグヌスやパラケルズス（一四九四―一五四一年）のような医学者をめぐる魔法物語が、すべてファウストのことだと言い伝えられるようになった。

実在のファウストが死んでしばらくののち、一五七五年に、彼にまつわる伝説がラテン語でまとめられた。作者は不明、その原典は現存していない。これをドイツ語に訳し、内容に手を加えた手写本が現存する最初の写本で、北独ヴォルフェンビュッテル図書館蔵の *Historia und Geschicht Doctor Johannis Faustj*（当時のつづりのまま）である。

この第一写本を底本として、ほぼ内容も同じものが初めて印刷され、民衆本として世に出たのは、ゲーテの生地フランクフルトのシュピース書店が出版した『ファウスト博士ものがたり』*Historia von D. Johann Fausten*（一五八七年）である。

そのころのことだから、あまり上等でないザラ紙に大きな字で印刷したものだが、鮮明で読みやすものである。歳の市が立つ秋をめざして、夏に出版された。そして町の広場で、ゾッキ本のように立ち売りした。これがおもしろいように売れた。娯楽というもののなかった頃とて、この民衆草紙はひっぱりだこになり一〇年のうちに海賊版九冊を合わせて、計一六冊の『ファウスト博士』伝説本が、いろいろな出版社・（当時はただの）本屋から出た。

はじめのシュピース版にもどると、初版が五部残っている。この版は細心の注意をこめてつくられていて、まず丁重な官憲筋への献呈のことばを巻頭につらね、非キリスト教的なこのものがたりはわれわれを戒めるに十分なものである、と断りながら、実はすてきに面白い物語をつらねている。ファウスト博士は天と地のあいだの万物を支配する力を得たいと願って、悪魔と契約を結ぶ。二四年を期限として悪魔は彼の下僕となり、どんな望みもかなえてくれるが、期限が切れたとき、彼の魂は悪魔のものとなる契約なのだ。彼は血をしたたらせて、羊皮紙に契約を記す。

さあ、それからは痛快な出来事の連続だ。ファウストは農民や領主をからかったり、いたずらしたり、ユダヤ人をだましたり、空中を飛翔することもできる。ルネサンス時代の人は、古代ギリシャ同様すでに空を飛ぶ夢を持っていたのだ。また、からだを隠すこともできる。そしてローマ法王の御馳走を鼻先からかすめとるなどということをしでかす。ハイデルベルクからプラーハまで、一夜で走る。遠いむかしの死者、美女ヘレナをよみがえらせて官能のたのしみを味わったりもする。次から次へとたのしい享楽を追っている間に、二四年の年月はあっという間に流れさり、嵐の過ぎた朝、ちょうど二四年目の日に、彼は彼の書斎で頚っ骨をへし折られた死骸となって発見される。壁には、たたきつけられた脳髄がぬるりとたれて、湯気を立てていた。――学問をきわめようとして、ついには悪魔と手を結んだ彼の魂は、こうして悪魔メフィストーフェレスの手中に帰したのであった。

この民衆本がよく読まれた理由のひとつには、法王庁でのいたずらのエピソードが示すように、アンチ・ヴァチカンの姿勢があって、それがルター派のひろがっていた地方の人にうけたこともあったらしい。ファウスト本の成立は宗教改革と無縁ではなかった。だから、この本が外国語に訳されたのも早いが、カトリックの強いフランスでは禁書となり、イギリスでは逆に禁書どころか、純文学への洗練さえ行われた。

3 ファウスト物語

フランス人ヴィクトール・カイエ V.P.Cayet は、ユグノーつまりフランス新教徒であり、ドイツを旅してシュピース本『ファウスト』を知り、フランスにブルボン王朝が興ったその一五八九年に訳本をパリで出版した。しかし、彼の訳はただちに禁書となり、訳者カイエは宗教裁判にかけられる。

カイエは旧教にまた改宗し、一命はとりとめたが、一生不遇のうちに過ごした。宗教裁判はもっとも、後の十七世紀のフランスがいわば本場となるので、当時はまだそれほど残酷なものではなかったらしい。

これに対して、イギリスにおける『ファウスト』受け入れはたいへん早かった。ドイツでシュピース本の初版が出た一五八七年の秋には、同じような市《いち》のための草紙ものとしてだが、『バラッド・オブ・フォースタス』が出、すぐそれに続いて、やはり同年、ゲントという人の訳本が出版され、たいへんによく売れた。

これらの訳本がきっかけとなり材料となって、はじめて文学といえるレベルに高められた作品が生まれる。クリストファー・マーロウのドラマ『フォースタス博士の悲劇的な物語』Christopher Marlowe: *The Tragicall History of Dr.Faustus*（Tragicallは当時のつづり）である。作者の死の前年一五九二年に書きあげられた、かなり短いもので、一五九四年に初演。印刷されたのはロンドンで一六〇四年だった。

マーロウはシェイクスピアと同時代人で、シェイクスピアにやや先行した当時最大の劇作家だった。一五六四年カンタベリー生まれ、一五九三年デトフォード没。反ローマ、反スペイン的な志向をもっていたから、伝説の人物ファウストをただの犯罪人と見るのではなく、むしろ逆に、新しい時代を拓こうとして望みを果たさずに夭折した人間と見なした。彼はいかにもルネサンス的な「超人」たちについての一連の悲劇を、力強い文体で書いた。登場人物の緊張の強さが特徴的である。『フォースタス』は彼の作品としてはマイナーなものであったが、しかしやはり力のこもった作品といっていい。

ドイツから伝えられてきたもとの伝説とは違い、いかがわしいファウスト像ではなく、天地人世の理法を、魔術を使ってでもつかまえ、とらえようとする巨人的人物、それをマーロウは描こうとした。旧教的伝統への反抗、認識への欲求、学問追求を果たそうとしてならず、結局は悪魔と契約を結んで、ついに神とひとしくなろうとする人間。マーロウのとらえたファウストは、そういった人間で、まことにルネサンス的巨人となった。

マーロウのドラマをイギリスの芝居小屋が一斉に取り上げ、国内ばかりか旅の劇団が海を渡りドイツでも上演して歩いた。初めは英語、やがてドイツ語で。そしてそれが人形芝居となる。

人形芝居専用の劇場が設けられたのは、一六六七年ウィーンだった。こけら落としはファウスト博士の悲劇で、合間にバレエを入れたりして上演した。さらにこれが各地の宮廷にも招かれ、一六八一年から八八年にかけてミュンヒェンの宮廷でやはりファウストが演じられた。啓蒙期の理性主義者たちはこの人形悲劇は宮廷的でないと言って、ふたたび歳の市や、クリスマス民衆劇の領域に追いはらったが、おかげで一般民衆が十七世紀末から改めてファウストと深いなじみになる。そして自分たちでも人形芝居を編むのだった。

十七世紀のドイツは悲惨だった。三十年戦争の戦場となって、国中が荒廃し切り、経済も文化も壊滅してしまった。文学も演劇も存立の余地すらなかった。ドイツという国は、歴史上何度もこのような完全な断絶を強いられる国である。しかし、そんな中でも人形芝居は残っていく。人形芝居の好きだったドイツ人はこれを洗練させた。すぐれたものでいえば、たとえばのちにモーツァルトの『魔笛』などを、ウィーンやベルリンの交響楽団やオペラの音楽で、いまでも人形芝居として上演することがある。

非常に印象的なものだ。

当時の人形芝居『ファウスト博士』はむろんそれほどに洗練されたものではなく、またマーロウのテキストからも離れ、即興的要素が強くなっていく。ファウストとメフィスト（メフィストーフェレスを短くしてメフィストとだけ言うこともある）以外に、人形芝居にはおきまりの道化者カスパールなどが登場する荒唐無稽なしろものであった。

人形芝居（人形劇）にストーリーがつくようになり、ウイットと風刺の利く道化役、それは数百年を経た現代にも引きつがれている。イギリスのパンチ、ドイツのカスパールなど、幼児から老人にまで愛されている。カスパールは舞台から国王とも即興の会話をする。むろん客席の観衆とのかけ合いもやる。

ゲーテは、十八世紀の生まれだが、少年時代に幾度も人形劇『ファウストものがたり』を観た。二世紀前にいたというこの不思議な男の話が、少年の心に深く消えがたく刻み込まれていった。最初はあるクリスマスの晩に、彼の祖母が人を呼んで子供たちのために人形芝居を上演させた。これがゲーテの『ファウスト』の原風景となる。

ヨーロッパ人は、どうしてこれほどまでにファウストに、いわばとりつかれるのだろうか。そしてそれを単なる音楽や文学の素材に利用するだけでなくて、自分自身の問題、課題としてとりあげてやまないのだろうか。

その第一は、人生探求の具体的なあらわれとして、知識というものへの激越な衝動である。認識衝動である。

知識を得たい、ものを知りたい、という意欲はなにもヨーロッパだけに限られた人間の本性ではなく、人類すべてに共通するものだが、人間が理性の力を借りて世界と自己とを対立させ、自己を世界にとけこますのでなくて世界から解き放ち、自立する自己を自律的自我として形成し、世界を自己の対象とし、その対象となった世界を自分の理性の力で説明し、解き明かし、認識しようとする態度――、これこそすぐれてヨーロッパ的だといわざるをえない。ギリシャにおけるフィロソフィアの誕生と発展は、キリスト教的な「人間が創造の世界のなかに入っていって、これを統御する」という考え方（創世記の失楽園やノアの物語に原型がある）とあいまって、ヨーロッパの底流に流れている。これらの底流が中世を経て、一七世紀には自然科学を生む。

ファウスト文学は、しかし、この認識衝動の根底には、人間が神になるという傲慢（ヒュブリス）がありはしないか。この人間の傲慢こそ人間の悲劇ではないか、と見るのである。非常に図式的に言えば、人間の能力を信ずるヒューマニズムに対するキリスト教的自己批判と言ってよいのだろう。だから、認識とは「やましいもの、いかがわしいもの」だという、ファウスト文学特有のものの見方がでてくる。そしていったん始まったこの衝動は、もうとどまることができない「原罪」的なものだ。

人間の認識能力には限度があるから、無限を求める傲慢な人間は悪魔と契約を結び、悪魔に魂を売らざるを得ない。これがファウスト文学のもつ第二のポイントである。認識において人間は自由である、と思った瞬間に、人間は手段・方法において「自由」を失っている。「自由喪失」とは、地獄ではないか。東洋思想に地獄はあっても、人格的な悪魔はないし、契約の思想もない。契約とはすぐれてヘブライ的思想である。神は人と、人は悪魔と「契約」を結ぶのだ。

第三にこういった問題を、具体的に生きる一個人が身に帯びて強烈な生を営み、個性的な「死」を死ぬ。人間個人の偉大さと悲惨さがある。これはアダムやヨブをはじめとする旧約聖書の人物にもギリシャの悲劇の人間像にも当然のことなのだが、東洋の文学にはあらわれなかったことである。神と悪魔とを相手にして自己主張をしてやまない人間の生命においてこそ、認識や悪の問題が具体的に展開される。

4 ゲーテの『ファウスト』

さて、ゲーテの書いた悲劇『ファウスト』は、二部からなっている。第一部のかなりの部分を、ゲーテは二四歳から二六歳のころ、故郷フランクフルトで執筆した。

彼はこの町の富裕な市民の家に一七四九年に生まれた。既述のようにライプツィヒとシュトラースブルクで法律を学び、父の家に帰って弁護士を開業したが、詩作に熱中していた。『ファウスト』執筆は小説『若きヴェルテルの悩み』を書いた直後と考えられる。多くの友人たちに原稿を朗読して聞かせたりしたが、二六歳の年（一七七五年）ワイマルに招かれ、生涯をワイマル公国でおくるようになり、行政官、大臣として働いた。長い中断期間があったが、友人のシラーにはげまされ、すすめられて現在私たちが手にする形の『第一部』が完成したのは一八〇六年、ゲーテが五七歳のときだった。シラーはその前年に四六歳で病没している。そのため、再び長い中断をみる。（一八〇六年はナポレオンによって、神聖ローマ帝国という名の「ドイツ」が崩壊、解体された年で、このドイツ屈辱の年にグリム兄弟はドイツの心を求めて民話収集をはじめている。）

一八二五年、ゲーテが七六歳の時から死の前年一八三一年夏までかけて営々として『第二部』を完成、死の直前にも手を加えた。実に六〇年の歳月を費やした、文字通りのライフ・ワークである。

先に紹介したように、第一部は、狭苦しいゴシックふうの部屋にファウストが座り、人間によるすべての学問研究が、真の認識を与えてくれず、だから意味のないものであることに深く絶望している。彼はそこで魔法に力をかりて、真理に到達したいと願う。魔法を試みて地霊を呼び出すが、おのが限界を知れと突き放されて毒杯を手にする。しかしその時聞こえてきたイースター（復活祭）の朝の鐘と聖歌の合唱の美しさに、自殺を思いとどまり、生きようと決心するのだった。

イースターの日曜日、春の野に学僕ワーグナーと散歩にでると、むく犬に化けたメフィストが近づいてくる。メフィストはファウストの胸に燃えたぎる憧憬を、官能の楽しみで鎮める申出をする。そのかわりファウストが瞬間にむかって「とどまれ、おまえはあまりに美しい」と言ったら、魂をメフィストのものにするという「賭」をする。伝統以来の「悪魔との契約」の変形である。

学都ライプツィヒ、アウエルバッハの酒蔵でのたのしみも虚しいとわかると、メフィストはファウストを若返らせ、少女マルガレーテへの恋に陥れる。メフィストの思惑通り情熱の虜になってしまう。少女の純情はしかし、その母や兄の死をまねき、不義の子を殺し、あわれにも獄屋にとらわれて死刑執行を待つ身となる。

ファウストは獄破りをして少女を救おうとする。しかし少女は罪を悔い、悪魔と手を結ぶファウストの救いを受け入れない。天からの声が彼女の救いを告げ、ファウストはメフィストにひき去られていく。死刑の日の暁闇のなかに、しかし、愛する彼の名前を呼ぶ少女の声がいつまでも聞こえていく。

第二部は壮大なファンタジーの世界だ。

ファウストは行為に憧れる。メフィストの助けをかりて皇帝のために通貨問題で力をつくし、報奨として海辺の土地を得、干拓事業にとりかかる。ここで「自由な民とともに自由な大地」に立ちたいと願った。しかしこの事業の際にも、直接に手をくだしたわけではないけれども、無辜《むこ》の人を殺害する罪を犯すことになる。憂いの霊に吹きかけられた息で盲目になるが、しかし死に至るまで行動的であることをやめない。彼の最後のこの事業は共同体のための行為であって、百歳にしてはじめて、同胞のために生きて働くのだという幸福を予感した刹那、死に見舞われる。メフィストと結んだ賭によれば当然悪魔の手におちるはずの彼は、天からの恩寵によって天に救いあげられる。そこには昔グレートヒェンと呼ばれた少女の霊が「とりなしの祈り」をなしつつ彼を待ち、浄められた人の群に導いていく。死んでも愛する人の魂が救われますようにと「とりなし」の祈りをするグレートヒェン。自分のためでなく、人のために祈る。これが本当の祈りであろう。

そして天使たちが一方的な、「恩寵」のうたを歌う。

靈の世界の高貴なひとりの仲間が
悪から救われた。
《たえず努力して励むひとを
われらは救うことができる》。

そのうえこの人には愛が
天上から与えられて、
幸わせなものの群が
心からこの人を歓び迎へるのだ。

ゲーテが自分の存在のもっとも深い本質のなかからくみあげてきて造型した、ファウストという人物は、けっしてひとつのところにじっと留まっていることのできない人物で、這うことを覚えた赤ん坊のように、目の前に何があろうともおそれるということを知らず、前へ前へ、先へ先へと身を投げ出すようにして生きていく。学問においては先人の残した遺産を貴び、医術においては父祖の残してくれた技術を身につけはした。しかし、それだからと言って人真似をして要領よく生きるなどということのまったくできない男。大胆不敵というか、ある意味で傲岸不遜というべきか、ともかく行動と行為の連続が、このファウストの生命である。

戯曲『ファウスト』はこのような男の物語である。彼の歩む道には必然的に悪魔がつきそう。何という悲劇か。しかしそれも実は神と悪魔の契約の下に起こることなのである。

5　グレートヒェン悲劇

第一部後半はグレートヒェンの物語であった。ところが、グレートヒェンの外貌について、ゲーテはほとんど何も記していない。ほぼ一四歳は超えた、質屋の娘としか書いていない。金髪であったのか、青い目をしていたのかどうか、そういった外面の描写をいっさいしていない。教会からの帰り途にファウストと出会い、声をかけられる。この時から牢獄に果てるまで、この清純な自然のままの町娘は、強いていえばデーモンにとりつかれた強大な男性ファウストにいわば欺かれて、悲劇的な短い一生をとじる。「嵐のように」一生を駆け抜けるファウストにとっては、繰り返しになるが、この少女の物語は小さい可憐な一エピソードにすぎぬ。ところが作品『ファウスト』のなかでグレートヒェンの姿は、意外に鮮烈で、いっさいの外面描写がないのに、かえってありありと読者の心の前に思い浮かべられる。彼女の内面の告白は彼女のうたう歌で行われているにすぎない。しかし、総計五つの歌のひとつひとつに、作者ゲーテの持った人生のかなしみ、愛のよろこびや苦しみ、つまり生きることとの純粋な感情を、たしかに実在するものとしてゲーテは歌ったので、読者には何の説明がなくても、生きた人間グレートヒェンをたしかに感ずるのだといえよう。

この物語が「歌」だというのは、可憐な少女の哀切な変転のさまを、外側からの描写ではなく、内面から、人と人の出会いの内面から、さりげなく、音楽的にはりのある短い言葉で語っているからでもあり、もうひとつには、実際にいくつもの「歌」（リート）が韻文の詩劇のなかの作中劇として出てくる、その構成にもよっている。感情がたかまってグレートヒェンが自己表現をするとき、それは詩となり歌となって噴出している。外面の描写のいっさいないこの少女は、教会からの帰り途、

美しいお嬢さま、失礼ですが、
私の腕をおかしして、お送りしましょう。

と旅の人ファウストに声をかけられ、

わたくし、お嬢さまでも、美しくもございません。

送ってくださらなくても、うちに帰れます。

と答えたのが最初の出会いだった。

彼女の歌の第一は有名な『トゥーレの王』である。シューベルトほか多くの作曲でも知られているこの詩の訳を紹介しよう。

トゥーレの王

むかしトゥーレの王さまは
みさおのかたいかたでした。
お妃さまは先立つときに
金のさかずきをおのこしでした。
これにまさった宝はなくて
宴のたびにさかずきをだし
いつもお飲みになるごとに
まなこに涙があふれます。

やがて齢のつきる日がきて

国の町々をかぞえあげ
世継の王子にゆずりましたが
さかずきだけは渡しませんでした。
これがさいごの王の宴に
騎士たちずらりといならびました。
海をみおろすお城のなかの
ご先祖しのぶ大きい広間。

老いた王様すっくと立つや
最後の生命の火を飲みほして
そしてとうといそのさかずきを
はるかな潮流になげこみました。

水を撃ち　水をのみ
海そこ深く沈んでいきました。
王のまなこも深く沈んで――
雫も飲まなくなりました。

第二の詩は、旅のファウストにむかってメフィストが、かわいそうにあの子は窓辺に立って、古い城壁のかなたを雲が流れていくのを眺めながら、あなたを想って夜も昼も歌っていますぜと伝える、十六世紀の民謡「小鳥ならば　飛びゆかん　君がもとへ」である。たった二行の民謡だけれども、人を恋する少女の真心をみごとに伝え、男性の浮気心と対比的である。

グレートヒェンの第三の歌は、『糸車にむかって』。フランツ・シューベルトが初めて詩に作曲した作品のテキストとして知られる。

第四の歌。牢につながれた罪の女グレートヒェンは古い民謡をうたう、「浮かれ女の母さんが、わたしを殺した……」。恋のために、思わずして母を死に追いやり、嬰児を死なせた娘のこの歌は実に悲痛である。大げさな無罪の主張や、社会への泣訴がないから、よけいに訴える力が強い。

第五の歌は、彼女のマリア賛歌であって、悲痛なその歌は第二部最後の天上の歌で繰り返され朗々たる勝利の歌となっている。

ここで改めて一言申すとすれば、私たちが、『ファウスト』の第一部の後半で読み、見るのは、彼女の没落の悲痛な物語である。「はじめはあんなに美しかったものが、じきに不安になってしまう」。不安とは罪の感覚である。自分のわがままでしたこと、それは正しくないことである。

マルガレーテは最初の夜をファウストと持ってから（その描写は一句もないけれども）、グレートヒェンと呼ばれる。グレートヒェンは、より正しいもの、より高いものへの服従に身を定める。そして自己の罪と過誤をはっきり見抜く。自分のなかには暗い炎もあることを知った。肉的なものを離れて、単純な明るさとか人間の美しさ、清純などというものはない。人間の美しさとは、肉につく暗い炎をも知りつつ、高いものへの畏れと、愛に生きることを失わぬ人間の内面から生まれてくる。あらゆる汚辱にまみれ、最後には牢につながれたグレートヒェンの心に、私たちはしかし罪が一点もしみをつくっていないのを知る。

彼女はおしまいまで、全身的に愛に生きようとした。その途上では生きた血と肉の苦悩を味わった。しかし、おわりまで愛を持ち続けて、より高い立場に立つに至ったと言えよう。それは、ひとりで神の前に立って自分の罪を素直に申し上げることのできる、純真な砕かれた魂なのである。

ヨーロッパ的人間の原型ないし典型が、自我を極限まで拡大してやまぬ行動の人ファウストであると、私たちは今までみてきたが、しかし他面、神の前にひとりで立つ人間こそ、これまたヨーロッパ的人間の真髄であるとも言える。人間の真の強さは、ひとりで神の前に立てるかどうか、そして人のためにとりなしの祈りを祈れるかで決まる。これがゲーテである。

6　グレートヒェンの歌

文学おけるファウスト像は、近世のあけぼののマーロウからゲーテに至り、ここには取り上げられなかった重い作品を残したレッシング、ハイネ、ポール・ヴァレリー、そしてトーマス・マンの現代に至っている。ヨーロッパ文学そして音楽はどうしてファウストをこれほど追い求め、自らの課題とするのだろうか。九つの交響曲を創った男ベートーヴェンの姿とも通ずるものがあるのではないだろうか。

ひるがえって、森鷗外はゲーテの『ファウスト』をみごとに邦訳した。しかし作家としての彼自身の作品に『ファウスト』に並ぶものがあるか。それとも、森鷗外や夏目漱石の世界はゲーテとは全く異質な、別のものなのだろうか。どちらが良い、高いは、今の私には言いがたい。

自我と行動の巨人ファウストによって一生を誤った可憐な町娘マルガレーテ（愛称グレートヒェン）のいくつもの歌の中のマリアへの祈りの歌は、この大きな作品『ファウスト』の始まりと終局とを、いわば大きな枠か輪のようにしっかりと締めくくる歌である。彼女の容姿、年齢はもとより髪の色も目の色もヨーロッパ文学としては異例ながら何一つ記されていない。それなのに、彼女の歌う、いやゲーテが彼女の口に歌わせる詩の数々によって、ドラマの進行と彼女の心の中がみごとに描かれるという、珍しい作品である。

さて、恋におちた彼女は愛のよろこびと不安に襲われ、城壁（市壁）の窪みにあるマリア像に花を供えて祈る。

Ach, neige,
Du Schmerzenreiche,
Dein Antiltz gnädig meiner Not!

痛《いたみ》おほきマリア様
どうぞお恵深く、お顔をこちらへお向け遊ばして
わたくしの 悩《なやみ》を御覧なされてくださいまし。

森鷗外の訳の前後に何の説明もなく信仰の説明もないが、彼女の不安がよくわかる。そしてこの詩と全く同じ用語、旋律で、このドラマの終局、ファウストの死後の魂を迎える彼女の歌をここに挙げると、

Neige neige
Du Ohnegleiche
Du Strahlenreiche
Dein Antlitz gnädig meinem Glück.

比類なく
光輝あふれるお方
どうぞ御かんばせを私の幸せに
お向けください。

生前も死後も彼女のとりなしの祈りが彼の魂を守り、彼はついに天に迎えられる。そして全巻はかの有名な最終句で結ばれる。

Das Ewig-Weibliche
Zieht uns hinan.

永遠にして女性的なるもの
我らを引きてのぼらしめる。

マリアとグレートヒェンと。二人の女性の本質がここにひとつにとけ合ってしまっている。Das Ewig(e) は永遠にではなく、「永遠なるもの」、das Weibliche は「女性的なるもの」。永遠であって女性的なものの意である。（e は格語尾変化）。

しかしこのゲーテ最終の語の解釈は難しい。百人百説である。実に、「永遠」を思い願い、しかもそれは破壊する自我肥大ではなく、愛をもって「とも」のため生命を捨ててでも祈り、とりなす女性的なるものとゲーテは考えたのだ。女性性へのゲーテの甘えがあったのかもしれない。

【附記】本章『ファウスト』は学生時代から追ってきたテーマの一部。最近、安曇野の鳥居山荘での発題。鳥居祝子夫人筆記。記してここに謝意を表したい。

あとがき

幼い日々と思いがけぬ高齢になってからと、私はしばしば健康をそこない、不治の病いといわれるものと長期に戦いつつ病床に伏して、妻や子どもたち、大学や幼稚園、出版社や放送局、教会、その他多くの関係者の方々に多大なご迷惑とご労苦をおかけし、しかしまた思いがけぬお支えをいただいてきた。そのことに心からお詫びとお礼を申し上げたい。

そんな私が今年二〇一九年一月、思いがけぬ長寿の八十八歳を明るく迎えた。

この歳月に、実に多くの不出来、失敗、非礼を重ねてきた。それらがこの身をおしひしぐように思う時が多い。主の前にどうして立てようか。しかしまた、この地上に生かされて多くの美しい魂に出会い、よき人よき物を識ったことのよろこびと感謝は重く深い。思えばすべてを私はただいただくばかりだった。

そのような思いのままに、求められた折々に、短い文章を書くことをたのしんでいる。これからもそれは続くだろう。

どういうわけか、それらの多くが木々との語らいとなってきた。既刊の何冊かのエッセイに続いて、東京神田神保町にある青娥書房の関根文範氏のおすすめに従って、ここにまた木にまつわる話を軸としたエッセイ集を編んで、お手許にお届けしよう。
苦笑なさりつつ、ある種の時代史として、過ぎゆく時代時代の出来事や雰囲気を感じとっていただければ幸いである。

初出を一覧しよう。
「父の手」「小さき者に仕えて」……「婦人之友」
「アルプスの少女『ハイジ』」……教文館書評誌
「ファウスト」……………「名古屋聖書研究会誌」安曇野集会
お話の中の木…………東京子ども図書館誌
森鷗外のこと…………経堂緑町教会報
その他…………「聖母の騎士」

二〇一九年春

小塩　節

小塩　節（おしお　たかし）
1931年長崎県佐世保生まれ。東京大学文学部独文科卒。国際基督教大学、中央大学文学部教授（ドイツ文学）、フェリス女学院院長、理事長を経て、現在、東京杉並・ひこばえ幼稚園園長、中央大学名誉教授。その間に（大学在職のまま）駐ドイツ日本国大使館公使、ケルン日本文化会館館長、国際交流基金理事・同日本語国際センター所長等を兼務。ドイツ連邦共和国功労一等十字章、同文化功労大勲章叙勲、日本放送協会放送文化賞、ワイマル・ゲーテ賞等を受賞、ケルン大学名誉文学博士。

著書に『旅人の夜の歌－ゲーテとワイマル』（岩波書店）、『ドイツのことばと文化事典』『ドイツ語とドイツ人気質』『ライン河の文化史』（講談社学術文庫）、『ガリラヤ湖畔の人々』『バルラハ―神と人を求めた芸術家』（日本基督教団出版局）、『トーマス・マンとドイツの時代』（中公新書）、『木々を渡る風』（新潮社 1999年日本エッセイストクラブ賞受賞）、『「神」の発見―銀文字聖書ものがたり』（教文館）、『木々との語らい』『人の望みの喜びを』『樅と欅の木の下で』（青娥書房）、『モーツァルトへの旅』（光文社）、『ブレンナー峠を越えて』（音楽之友社）ほか多数。訳書に『ゲーテ詩集』（講談社）、トーマス・マン『ヨセフとその兄弟』（望月市恵と共訳、全三巻筑摩書房）、『トーニオ・クレーガー』（主婦之友社）、カール・バルト『モーツァルト』（新教出版社）ほか多数。

ぶどうの木のかげで―今日の祈り、明日のうた―

2019年5月30日　第1刷発行

著　　者　**小塩　節**
発 行 者　**関根文範**
発 行 所　**青娥書房**
東京都千代田区神田神保町 2-10-27　〒101-0051
電話 03-3264-2023　ＦＡＸ 03-3264-2024
印刷製本　**モリモト印刷**

ISBN978-4-7906-0367-2　C0095
＊定価はカバーに表示してあります